KERNOK LE PIRATE

Eugène Sue

CHAPITRE PREMIER
Le cacou et la sorcière

Les écorcheurs et fileurs de chanvre (cacous)
vivent séparés du reste des hommes...

La présence d'un fou dans une maison défend
ses habitants contre les maléfices des esprits malins.

Conam-Hek, Chronique bretonne

Par une nuit de novembre, sombre et froide, le vent de nord-ouest soufflait avec violence, et les longues lames de l'Océan venant se briser sur les bancs de granit qui couvrent la côte de Pempoul, les pointes déchirées de ces rocs tantôt disparaissaient sous les vagues, tantôt se découpaient en noir sur une écume éblouissante.

Placée entre deux rochers qui la protégeaient contre les efforts de l'ouragan, s'élevait une cabane de misérable apparence ; mais ce qui rendait vraiment son abord horrible et infect, c'était une multitude d'os, de cadavres de chevaux et de chiens, de peaux ensanglantées, et d'autres débris qui annonçaient assez que le propriétaire de cette masure était *cacou*, ou écorcheur.

La porte s'ouvrit, puis parut une femme couverte d'une mante noire qui l'entourait entièrement, et ne laissait voir que sa figure jaune et ridée, presque cachée par des mèches de cheveux gris. Tenant une lampe de fer d'une main, de l'autre elle tâchait d'en abriter la flamme, qui tournoyait, agitée par le vent. « Pen-Ouët ! Pen-Ouët ! cria-t-elle avec un accent de colère et de reproche ; où es-tu, maudit enfant ? Par saint Paul ! ne sais-tu pas que voici l'heure où les chanteuses des nuits vont errer sur la grève ? »

On n'entendit que le sifflement de la tempête qui redoublait de fureur.

– Pen-Ouët ! cria-t-elle encore.

Pen-Ouët enfin prêta l'oreille.

L'idiot était accroupi auprès d'un monceau d'ossements auxquels il donnait les formes les plus variées et les plus bizarres. Il tourna la tête, se leva d'un air mécontent, comme un enfant qui abandonne ses jeux à regret, et regagna la cabane, non sans emporter une belle tête de cheval aux os blancs et polis, à laquelle il tenait beaucoup, surtout depuis qu'il y avait introduit des cailloux qui résonnaient de la plus agréable manière, quand Pen-Ouët secouait cet instrument de nouvelle espèce.

– Rentre donc, maudit ! s'écria sa mère en le poussant avec tant de violence que sa tête heurta contre le mur : le sang jaillit. Alors l'idiot se prit à rire aux éclats, d'un rire stupide et convulsif, essuya sa blessure avec ses longs cheveux noirs, et fut se blottir sous le manteau d'une vaste cheminée.

– Ivonne, Ivonne, songe à ton âme, au lieu de répandre le sang de ton fils ! dit le cacou, qui était à genoux et paraissait absorbé dans une profonde méditation. N'entends-tu pas ?...

– J'entends le bruit des vagues qui frappent ce rocher, et le sifflement de la tempête.

– Dis plutôt la voix des trépassés. Par saint Jean du doigt ! c'est aujourd'hui le jour des morts, femme, et les naufragés que nous avons... - ici une pause -, pourraient bien venir traîner à notre porte le *cariquet-ancou*, avec ses draps blancs et ses larmes rouges, répondit le cacou d'une voix basse et tremblante.

– Bah ! que pouvons-nous craindre ? Pen-Ouët est idiot ; ne sais-tu pas que les mauvais esprits n'approchent jamais du toit qui abrite un fou ? *Jan et son feu* qui tourne avec autant de rapidité que le dévidoir d'une vieille femme, *Jan et son feu* s'enfuiraient à la voix de Pen-Ouët, comme une mouette devant le chasseur. Ainsi, que crains-tu ?

– Alors, pourquoi, depuis le dernier naufrage, tu sais, ce lougre qui échoua sur la côte, attiré par nos signaux trompeurs... pourquoi ai-je une fièvre ardente, des rêves affreux ? En vain j'ai bu trois fois, à l'heure de minuit, de l'eau de la fontaine de Krinoëk ; en vain je me suis frotté de la graisse d'un goéland tué un vendredi, rien, rien n'a pu me calmer. La nuit, j'ai peur ! Ah ! femme, femme, tu l'as voulu !

– Toujours craintif. Ne fallait-il pas vivre ! ton état ne te rend-il pas l'horreur de tout Saint-Pol, et sans mes prédictions, où en serions-nous réduits ? L'entrée de l'église nous est défendue ; c'est à peine si les boulangers veulent nous vendre du pain. Pen-Ouët ne va pas une fois à la ville qu'il ne revienne meurtri de coups, le pauvre idiot. Tiens, s'ils osaient, ils nous donneraient la chasse comme à une bande de loups des montagnes d'Arrès ; et parce qu'en ramassant le goémon sur les rochers, nous profitons de ce que *Teus's* nous envoie, tu t'agenouilles comme un sacristain de Plougasnou, tu es aussi pâle qu'une fille qui, sortant de la veillée, rencontre le *Teus's-Arpoulièk*, avec ses trois têtes et son œil flamboyant !

– Femme...

– Plus craintif qu'un homme de Cornouailles », dit enfin Ivonne exaspérée.

Or, comme le plus sanglant outrage que l'on puisse faire à un Léonais est de le comparer à un habitant de Cornouailles, le cacou prit sa femme à la gorge.

– Oui, reprit-elle d'une voix rauque et strangulée, plus lâche qu'un enfant de la plaine !

La rage du cacou ne connut plus de bornes ; il saisit une hache, mais Ivonne s'arma d'un couteau.

L'idiot riait aux éclats, en agitant sa tête de cheval remplie de cailloux qui rendaient un bruit sourd et bizarre.

Heureusement on frappa à la porte de la cabane, car un malheur fût arrivé.

– Ouvrez, sacrebleu ! ouvrez donc ! Le nord-ouest souffle d'une force à décorner des bœufs, dit une voix rude.

Le cacou laissa tomber sa hache, Ivonne rajusta sa coiffe, en jetant sur son mari un regard encore étincelant de colère.

– Qui peut venir à cette heure nous déranger ? dit celui-ci ; puis il se hissa jusqu'à une fenêtre étroite, et regarda.

CHAPITRE II
Kernok

C'était lui, c'était Kernok qui frappait à la porte. Voilà un digne et brave compagnon, jugez-en.

Il naquit à Plougasnou ; à quinze ans il se sauva de chez son père, s'embarqua sur un négrier, et là commença son éducation maritime. Il n'y avait pas à bord de mousse plus agile, de matelot plus intrépide, nul n'avait le coup d'œil plus perçant pour découvrir au loin la terre voilée par la brume. Nul ne serrait un hunier avec plus de prestesse et de grâce. Et quel cœur ! Un officier laissait-il négligemment errer sa bourse, le jeune Kernok la ramassait avec soin, mais ses camarades avaient part au contenu ; volait-il du rhum au capitaine, il partageait encore scrupuleusement avec ses intimes.

Et quelle âme ! Combien de fois, lorsque les nègres que l'on transportait d'Afrique aux Antilles, engourdis par le froid humide et pénétrant de la cale, ne pouvaient se traîner jusque sur le pont pour humer l'air pendant le quart d'heure qu'on leur accordait à cet effet, combien de fois, dis-je, le jeune Kernok ne rappela-t-il pas la moiteur et la transpiration sur leur peau glacée en hâtant leur marche à coups de corde ! Et M. Durand, canonnier-chirurgien-charpentier du brick, remarquait judicieusement qu'aucun des congos soumis à la surveillance de Kernok n'était atteint de cette somnolence, de cette torpeur qui affectait les autres nègres. Au contraire, les siens, à la vue du menaçant bout de corde, étaient toujours dans un état d'agitation, d'irritabilité nerveuse, comme disait M. Durand, d'irritabilité nerveuse fort salutaire.

Aussi, Kernok obtint-il bientôt l'estime et la confiance du capitaine négrier, capable heureusement d'apprécier ces rares qualités. Ce bon capitaine affectionna le jeune matelot, lui donna quelques leçons de théorie, et un beau jour le fit second du navire. Lui se montra digne de cet avancement rapide par son courage et son habileté ; il découvrit surtout une manière de caser les nègres dans le faux-pont tellement avantageuse que le brick, qui jusque-là n'en pouvait contenir que deux cents, put en porter trois cents, à la vérité en les serrant un peu, - et en les priant de se mettre sur le côté, au lieu de se goberger sur le dos comme des pachas -, ainsi disait Kernok.

De ce jour, le négrier prédit à son protégé la plus haute destinée. Dieu sait s'il accomplit cette prédiction !

À quelques années de là, un soir qu'il cinglait vers la côte d'Afrique, le digne capitaine de Kernok ayant bu un peu plus de tafia que de coutume, était de bonne et joviale humeur. Assis sur sa fenêtre, fumant sa longue pipe, il s'amusait à suivre la direction des épais tourbillons de fumée qu'il lançait gravement, ou à regarder d'un œil fixe le sillage rapide du navire, hâtant de ses vœux le moment où il reverrait la France.

Puis il pensait avec amour aux belles campagnes de la Normandie, où il était né ; il croyait voir encore la chaumière dorée par les derniers rayons du soleil, le ruisseau limpide et frais, le vieux pommier, et sa femme, et sa mère, et ses tout petits enfants, qui attendaient son retour, soupirant après les beaux oiseaux dorés et les tissus aux vives couleurs qu'il leur apportait de ses courses lointaines. Il croyait voir tout cela, le pauvre homme ! Sa pipe, sa pipe que le temps avait rendue noire comme l'aile d'un alcyon, sa pipe était tombée de sa bouche entrouverte. Il ne s'en était pas aperçu ; ses yeux se mouillaient de larmes ; son cœur battait avec violence. Peu à peu les efforts de son imagination tendue vers un même point, peut-être aussi l'influence du tafia, donnèrent à cette vision fantastique une apparence de réalité ; et le bon capitaine, avisant, dans son ivresse, que la pleine mer était cette riante prairie tant regrettée, eut la folle idée de vouloir aller s'y ébattre. Pour ce faire, il s'avança sur le bord de sa croisée, et tomba à l'eau.

D'autres disent qu'une main invisible le poussa, et que le sillage argenté du navire fut un moment rougi.

Le fait est qu'il se noya.

Comme le brick se trouvait près des îles du Cap-Vert, la houle était forte, la brise fraîche : aussi le matelot du gouvernail n'entendit-il rien. Mais Kernok, qui était venu rendre compte de la route au capitaine, dut s'apercevoir le premier de l'accident auquel il n'était peut-être pas étranger.

Kernok avait une de ces âmes fortement trempées, inaccessibles aux mesquines considérations que les hommes faibles appellent reconnaissance ou pitié. Or, il parut sur le pont sans qu'on pût remarquer en lui la plus légère émotion.

– Le capitaine s'est noyé, dit-il avec calme au contremaître, et c'est dommage, car c'était un brave. Ici Kernok ajouta une épithète que nous nous abstenons de répéter, mais qui termina d'une manière pittoresque l'oraison funèbre du défunt.

Oh ! Kernok était laconique !

Puis s'adressant au pilote : « Le commandement du navire m'appartient comme second du bord ; ainsi tu vas changer de route. Au lieu de gouverner au sud-est, tu mettras le cap au nord-ouest, car nous allons virer de bord et gagner Nantes ou Saint-Malo. »

Le fait est que Kernok avait en vain tâché de dégoûter le défunt capitaine du trafic des nègres, non par philanthropie, non ! mais par un motif bien plus puissant aux yeux d'un homme raisonnable.

– Capitaine, lui disait-il sans cesse, vous faites des avances qui vous rapportent tout au plus trois cents pour cent ; à votre place, moi, maître, je gagnerais autant, et même davantage, sans débourser un sou. Votre brick marche comme une dorade ; armez-le en course, je réponds de l'équipage ; laissez-moi faire, et à chaque prise vous entendrez la chanson du corsaire.

Mais l'éloquence de Kernok n'avait jamais ébranlé la volonté du capitaine, car il savait parfaitement que ceux qui embrassaient cette noble profession finissaient tôt ou tard par se balancer au bout d'une vergue ; aussi l'inexorable capitaine était-il tombé à la mer par *accident*.

À peine Kernok se vit-il maître du navire qu'il retourna à Nantes pour recruter un équipage convenable, armer son bâtiment, et mettre à exécution son projet favori.

Et voyez s'il n'y a pas une Providence : à peine arrivé en France, il apprend que l'Angleterre nous a déclaré la guerre ; il obtient une lettre de marque, sort, donne la chasse à un trois-mâts marchand, et rentre avec sa prise à Saint-Pol-de-Léon.

Que dirais-je de plus ? Le bonheur favorisa toujours Kernok ; car le ciel est juste : il fit mainte prise aux Anglais. L'argent qu'il en retirait s'écoulait rapidement dans les tavernes de Saint-Pol ; et c'est au moment de se remettre en mer pour battre monnaie, comme il disait dans son naïf langage, que nous le voyons arriver au sein de la respectable famille de l'écorcheur.

– Mais, sacrebleu ! ouvrez donc, répéta-t-il en secouant vigoureusement la porte. Vous restez tapis comme des goélands dans le creux d'un rocher.

On ouvrit.

CHAPITRE III
La bonne aventure

La sorcière dit au pirate :
« Bon capitaine, en vérité,
Non, je ne serai pas ingrate,
Et vous aurez votre beauté. »

Victor Hugo, Cromwell

Dis-moi la bonne aventure, ô gué.
La bonne aventure.

Il entra, se dépouilla d'une capote de toile cirée qui ruisselait de pluie, l'étendit près du foyer, secoua son large chapeau de cuir verni, et se jeta sur un méchant escabeau.

Kernok pouvait avoir trente ans : sa taille large et carrée, qui promettait une vigueur athlétique, .ses traits basanés, sa chevelure noire, ses larges favoris lui donnaient un air dur et sauvage. Pourtant sa figure eût passé pour assez belle, sans la mobilité extraordinaire de ses épais sourcils, qui se joignaient ou se séparaient suivant l'impression du moment.

Son costume ne le distinguait en rien d'un simple matelot ; seulement deux ancres d'or étaient brodées sur le collet de sa veste grossière, et un large poignard recourbé pendait à sa ceinture par un cordon de soie rouge.

Les habitants de la cabane examinaient l'étranger avec une expression de crainte et de soupçon, et attendaient patiemment que ce singulier personnage fît connaître le but de sa visite.

Mais lui ne paraissait occupé que d'une chose, de se réchauffer ; aussi jeta-t-il sans façon dans le foyer quelques morceaux de bois encore garnis de fer. « Chiens, dit-il entre ses dents, ce sont les débris d'un navire qu'ils auront attiré et fait échouer sur la côte. Ah ! si jamais *L'Épervier*...

– Que voulez-vous ? » dit Ivonne, lasse du silence de l'inconnu.

Celui-ci leva la tête, sourit dédaigneusement, ne dit mot, allongea ses jambes le long du feu, et, après s'être établi le mieux possible, c'est-à-dire le dos appuyé contre la muraille et les pieds sur les chenets :

– Vous êtes Pen-Hap le cacou, n'est-il pas vrai, mon brave ? dit enfin Kernok, qui, à l'aide de son bâton ferré, tisonnait avec autant d'aisance que s'il eût été au coin de la cheminée d'une excellente auberge de Saint-Pol ; et vous, la sorcière de la côte de Pempoul ? ajouta-t-il en regardant Ivonne d'un air interrogatif. Puis, toisant l'idiot avec dégoût : Quant à ce monstre, si vous le menez au sabbat, il doit faire peur à Satan lui-même ; au reste, il vous ressemble, ma vieille, et si je mettais cette figure-là sur l'avant de mon brick, les bonites effrayées ne viendraient plus se jouer et bondir sous la proue.

Ici Ivonne fit une grimace colérique. « Allons, allons, belle hôtesse, calmez-vous, et n'ouvrez pas le bec comme un goéland qui va fondre sur un banc de sardines. Voilà qui vous apaisera, dit Kernok en faisant sonner quelques écus ; car j'ai besoin de vous et de... *monsieur.* »

Cette harangue et ce mot *monsieur* surtout furent prononcés avec un air si évidemment narquois, qu'il fallut et la vue d'une longue bourse de peau honnêtement garnie et le respect qu'inspiraient les larges épaules et le bâton ferré de Kernok, pour empêcher le digne couple de faire éclater une colère trop longtemps comprimée.

– Ce n'est pas, ajouta le corsaire, que je croie à vos sorcelleries. Autrefois, dans mon enfance, à la bonne heure. Comme un autre, je frissonnais à la veillée en entendant ces beaux récits, et maintenant, belle hôtesse, j'en fais autant de cas que d'un aviron brisé. Mais *elle* a voulu que je vinsse me faire dire la bonne aventure avant de me remettre en mer. Enfin, voyons, allons-nous commencer, êtes-vous prête, *madame* ?

Ce *madame* fit encore horriblement grimacer Ivonne.

– Je ne reste pas ici ! s'écria le cacou, pâle et tremblant. C'est aujourd'hui le jour des morts ; femme, femme, tu nous perdras, le feu du ciel écrasera cette demeure !

Il sortit et ferma la porte avec violence.

– Quel diable le mord ? Cours donc après lui, vieille chouette ; il connaît la côte mieux qu'un pilote de l'île de Batz ; j'en aurai besoin. Va donc, sorcière maudite !

Ce disant, Kernok la poussait vers la porte.

Mais Yvonne reprit, en se dégageant des mains du pirate :

– Viens-tu pour insulter ceux qui te servent ? Cesse, cesse, ou tu ne sauras rien de moi.

Kernok haussa les épaules d'un air d'insouciance et d'incrédulité.

– Enfin, que veux-tu ?

– Savoir le passé et l'avenir, rien que ça, ma digne mère ; ce qui est aussi possible que de filer dix nœuds, le vent debout, répondit Kernok en jouant avec les cordons de son poignard.

– Ta main ?

– La voilà ; et, j'ose le dire, pas une ne sait mieux nouer une garcette ou presser la détente d'un pierrier. C'est donc là que tu lis ton grimoire, vieille fée ! Va, j'y crois autant qu'aux prédictions de notre pilote, qui, en brûlant du sel et de la poudre à canon, s'imagine reconnaître le temps qu'il doit faire à la couleur de la flamme. Sottises que tout cela ! je ne crois, moi, qu'à la lame de mon poignard ou à l'amorce de mon pistolet, et quand je dis à mon ennemi : Tu mourras ! le fer ou le plomb accomplissent mieux ma prédiction que toutes les...

– Silence ! dit Ivonne.

Pendant que Kernok exprimait aussi librement son scepticisme, elle avait étudié les lignes qui se croisaient dans sa main.

Alors, elle fixa sur lui ses yeux gris et perçants, puis approcha son doigt décharné du front de Kernok ; il tressaillit en sentant l'ongle de la sorcière se promener sur les rides qui se dessinaient entre ses sourcils.

– Holà ! dit-elle avec un sourire hideux, holà ! toi, si fort, tu trembles déjà !

– Je tremble... je tremble... Si tu crois qu'il est possible de sentir sans dégoût ta griffe s'approcher de ma peau, tu te trompes fort. Mais vienne, au lieu de ton cuir noir et tanné, une main douce et potelée, tu verras que Kernok... que... car... que…

Et il balbutiait, baissant involontairement les yeux devant le regard fixe et arrêté de la sorcière.

– Silence ! dit-elle encore ; et sa tête retomba sur sa poitrine : on l'eût dite absorbée dans une profonde rêverie. Seulement elle était agitée, par intervalle, d'une espèce de tremblement convulsif, et l'on entendait ses dents s'entrechoquer. La lueur vacillante du foyer qui s'éteignait éclairait seule, de sa clarté rougeâtre, l'intérieur de cette masure ; et, reflétée de la sorte, la tête difforme de l'idiot, qui sommeillait tapi dans un coin, devenait réellement effrayante. On ne voyait d'Ivonne que sa mante noire et ses longs cheveux gris ; la tempête mugissait au-dehors. Il y avait je ne sais quoi d'horrible et d'infernal dans cette scène.

Kernok, Kernok lui-même éprouva un léger frisson qui le parcourut, rapide comme l'étincelle électrique. Et sentant peu à peu se réveiller en lui son ancienne superstition d'enfant, il perdit cet air d'incrédulité moqueuse dont ses traits étaient empreints en entrant.

Bientôt une sueur froide mouilla son front. Machinalement il saisit son poignard, et le tira du fourreau...

Comme ces gens qui, à moitié éveillés, croient sortir d'un songe pénible en faisant quelque mouvement violent :

– Que l'enfer étouffe Mélie ! s'écria Kernok, ses sots conseils et moi aussi, moi assez buse pour les suivre ! Me laisserai-je intimider par des mômeries bonnes à effrayer des femmes et des enfants ? Non, sacrebleu ! il ne sera pas dit que Kernok... Holà ! fiancée du démon, parle vite ; il faut que je parte. M'entends-tu ? Et il la secoua fortement.

Ivonne ne répondait pas ; son corps suivait les impulsions que lui donnait Kernok. On ne sentait pas même la résistance que fait éprouver un être animé. On eût dit d'une morte.

Le cœur du pirate battait avec violence. « Parleras-tu ? » murmura-t-il ; et il releva violemment la tête d'Ivonne, qui était baissée, appuyée sur sa poitrine.

Elle resta relevée.

Mais son œil était fixe et terne.

Les cheveux de Kernok lui dressaient sur la tête ; ses deux mains en avant, le cou tendu, comme fasciné par ce regard pâle et morne, il écoutait respirant à peine, dominé par une puissance au-dessus de ses forces.

– Kernok, dit enfin la sorcière, d'une voix faible et saccadée, jette, jette ce poignard. Et elle montrait le poignard qui tremblait dans la main de Kernok. Jette-le, te dis-je, il y a du sang ; du sang *d'elle et de lui.*

Et la vieille sourit d'une manière affreuse ; puis, mettant le doigt sur son col : « Là... tu l'as frappée... et pourtant elle vit encore. Mais ce n'est pas tout... Et le capitaine du négrier ?... »

Le poignard tomba aux pieds de Kernok ; il passa la main sur son front brûlant, et serra si violemment ses deux tempes, que la trace de ses ongles y resta empreinte. Il se soutenait à peine, et s'appuya sur le mur de la cabane.

Ivonne continua :

– Que tu aies jeté ton bienfaiteur à la mer après l'avoir poignardé, c'est bien ! ton âme ira à Teus's ; mais que tu aies frappé Mélie sans la tuer, c'est mal ; car, pour te suivre, elle a quitté ce beau pays où croissent les poisons les plus subtils ; où les serpent jouent et s'enlacent au clair de lune, en confondant leurs sifflements ; où le voyageur entend, en pâlissant, le râlement de la hyène, qui crie comme une femme qu'on égorge ; ce beau pays où les vipères rouges font des morsures qui tuent, qui portent dans les veines un venin qui les corrode.

Et Ivonne tordait ses bras, comme si elle eût ressenti ces affreuses convulsions.

– Assez, assez ! dit Kernok, qui sentait sa langue se glacer.

– Tu as porté le fer sur ton bienfaiteur et sur ta maîtresse, leur sang retombera sur toi, ton terme approche ! Pen-Ouët ! cria-t-elle à voix basse.

À cette voix sourde et creuse, Pen-Ouët, qu'on eût cru endormi profondément, se leva dans une espèce d'accès de somnambulisme, et se mit aux genoux de sa mère, qui prit ses mains dans les siennes, et, appuyant son front contre son front :

– Pen-Ouët, il demande ce que Teus's lui accorde à vivre... Au nom de Teus's, réponds-moi.

L'idiot poussa un cri sauvage, parut réfléchir un instant, recula d'un pas, et frappa le sol avec la tête de cheval, qu'il ne quittait plus.

Il frappa d'abord cinq fois, puis encore cinq fois, puis trois.

– Cinq, dix, treize, dit sa mère, qui comptait à mesure, treize jours encore à vivre, tu entends ! et puisse Teus's t'envoyer sur notre côte, le corps livide et froid, entouré de longues herbes marines, les yeux ternes et ouverts, l'écume à la bouche et ta langue mordue entre tes dents ! Treize jours.., et ton âme à Teus's !

– Mais *elle, elle* ! dit Kernok, haletant dans un délire affreux.

– *Elle*, reprit Ivonne, mais tu ne m'as payée que pour toi. Bah ! je serai généreuse. Puis elle réfléchit un moment, en posant son doigt sur son front.

– Eh bien, *elle* aussi aura les membres roidis, le visage bleu, la bouche écumante et les dents serrées. Oh ! vous ferez de beaux fiancés, et plaise à Teus's que je vous voie, par une nuit de novembre, accrochés sur un rocher noir qui sera votre lit nuptial, avec les lames de l'Océan pour rideaux, le cri des taraks et des corbeaux pour chants de noces, et l'œil ardent de Teus's pour flambeau !

Kernok tomba évanoui, et deux éclats de rire singuliers retentirent dans la cabane.

On frappa à la porte.

– Kernok, mon Kernok ! dit une voix douce et fraîche.

Ces mots firent sur Kernok un effet magique ; il ouvrit les yeux et regarda autour de lui avec étonnement et effroi. « Où suis-je donc ? dit-il en se levant ; est-ce un rêve, un rêve affreux ? Mais non... mon poignard... cette cape... Il est trop vrai... enfer ! maudite vieille ! je saurai... »

La vieille et l'idiot avaient disparu.

– Kernok, mon Kernok, ouvrez donc, répéta la douce voix.

– *Elle*, s'écria-t-il, *elle* ici ! et il se précipita vers la porte.

– Viens, dit-il, viens ! Et sortant de la cabane, la tête nue, l'air égaré, il l'entraîna rapidement. En gravissant les rochers qui bordent la côte, ils atteignirent bientôt la route de Saint-Pol.

CHAPITRE IV
Le brick L'Épervier

Le brouillard qui voilait les environs du petit port de Pempoul se dissipait peu à peu, et le disque du soleil paraissait d'un rouge foncé au milieu de ce ciel gris et terne.

Bientôt Saint-Pol, dominé par ses grands bâtiments noirs et ses clochers de pierre, apparut vague et incertain à travers la vapeur qui s'élevait des eaux, puis se dessina d'une manière plus arrêtée quand les pâles rayons du soleil de novembre eurent chassé l'air épais et humide du matin.

À droite s'élevait l'île de Kalot et ses brisants, le moulin et le clocher bleu de Plougasnou, tandis qu'au loin se déroulait la côte de Tréguier, au sable fin et doré, terminée par les immenses rochers qui se perdent à l'horizon.

Le joli bassin de Pempoul ne contenait ordinairement qu'une soixantaine de barques et quelques navires d'un tonnage plus élevé.

Aussi le beau brick *L'Épervier* dépassait-il de toute la hauteur de ses huniers cette ignoble foule de lougres, de sloops, de chasse-marée, qui étaient mouillés autour de lui.

Vrai ! c'est un beau brick que le brick *L'Épervier* !

Peut-on se lasser de le voir droit et ras sur l'eau avec ses formes étroites et élancées, sa haute mâture un peu penchée sur l'arrière, qui lui donne un air si coquet et si marin ; comment ne pas admirer ce gréement fin et léger, ces larges basses-voiles, ces huniers et ces perroquets si élégamment échancrés, et ces bonnettes qui se déploient sur ses flancs, gracieuses comme les ailes d'un cygne, et ces focs élégants qui semblent voltiger au bout de son beaupré, et sa ligne de vingt caronades de bronze, qui se dessine noire et blanche comme les bandes d'un damier !

Et puis, jamais la vapeur odorante de la myrrhe brûlant dans les cassolettes d'or, jamais la violette avec ses feuilles veloutées, jamais la rose et le jasmin distillés dans de précieux flacons de cristal n'approcheront du délicieux parfum qui s'exhalait de la cale de *L'Épervier* : quel odorant goudron, quel suave bitume !

Vrai Dieu ! mordieu ! c'est un beau brick que le brick *L'Épervier* !

Et puisque vous l'admirez endormi sur ses ancres, que diriez-vous donc si vous le voyiez donnant la chasse à quelque malheureux trois-mâts marchand ? Non ! jamais cheval de course écumant sous le frein n'a bondi avec autant d'impatience que *L'Épervier*, lorsque le pilote venait au vent au lieu de laisser porter sur le navire poursuivi. Jamais l'alcyon, rasant l'eau du bout de son aile, n'a volé avec autant de rapidité que ce beau brick, lorsque, par une forte brise, ses huniers et ses perroquets hauts, il glissait sur l'Océan, tellement penché que le bout-dehors de ses basses vergues effleurait le sommet des vagues.

Vrai Dieu ! mordieu ! cordieu ! c'est un brave brick que le brick *L'Épervier* !

Et c'est lui que vous voyez là, tout noir, affourché sur ses deux câbles.

À bord, il restait peu de monde : le maître d'équipage, six matelots et un mousse, rien de plus.

Les matelots étaient groupés dans les haubans ou assis sur l'affût des caronades.

Le maître d'équipage, homme d'environ cinquante ans, enveloppé dans un long caban oriental, se promenait sur le pont d'un air agité, et la protubérance que l'on remarquait sous sa joue gauche annonçait par son excessive mobilité qu'il mordait sa chique avec fureur.

Or, le mousse, qui, immobile auprès du maître, son bonnet à la main, paraissait attendre un ordre, remarquait ce fâcheux pronostic avec un effroi toujours croissant ; car la chique du maître était pour l'équipage une espèce de thermomètre qui annonçait les variations de son caractère ; et ce jour-là, suivant les observations intérieures du mousse, le temps avait l'air de se mettre à l'orage.

– Mille millions de tonnerre ! disait le maître en enfonçant son capuchon sur ses yeux, quel infernal vent l'a poussé ? Où est-il ? Dix heures, et pas encore revenu à bord ! Et sa bête de femme qui part au milieu de la nuit pour aller le rejoindre, le diable sait où... Une si belle brise ! Perdre une si belle brise ! répétait-il d'un ton déchirant en regardant un léger plumet attaché aux haubans, qui, par la direction que lui donnait le vent, annonçait une forte brise du nord-ouest. Il faut être aussi fou qu'un homme qui se met le doigt entre le câble et l'écubier.

Le mousse, impatienté de la longueur de ce monologue, avait déjà essayé deux fois d'interrompre le maître d'équipage ; mais le coup d'œil furieux et la mobilité excessive de la chique de son supérieur l'en avaient empêché. Enfin, faisant un effort sur lui-même, son bonnet sous le bras, le cou tendu, la jambe gauche en avant, il se hasarda à tirer le maître par un pan de sa houppelande :

– Maître Zéli, lui dit-il, le déjeuner vous attend.

– Ah ! c'est toi, Grain-de-Sel ; que fais-tu là, gredin, buse, animal, rat de cale ? Veux-tu que je te fasse tanner le cuir, que je te rende l'échine aussi rouge qu'un rosbif cru ? Répondras-tu, mousse de malheur ?

À ce torrent d'injures, de menaces, le mousse n'opposait qu'un calme stoïque, habitué qu'il était aux boutades de son supérieur.

Et, soit dit en passant, vous saurez que, si je croyais à la métempsycose, j'aimerais mieux revenir pour toute ma vie dans le corps d'un cheval de fiacre, d'un surnuméraire, d'un âne de Montmorency, d'animer enfin ce qu'il y a de plus misérable, plutôt que de séjourner une seconde dans la peau d'un mousse.

Nous l'avons dit, le mousse ne soufflait mot ; et lorsque maître Zéli s'arrêta pour reprendre haleine, Grain-de-Sel hasarda, avec un air plus humble que de coutume :

– Le déjeuner vous...

– Ah ! le déjeuner ! s'écria le maître, enchanté de faire tomber sa fureur sur quelqu'un ; ah ! le déjeuner ! Tiens, chien !

Ceci fut accompagné d'un soufflet et d'un coup de pied si violents, que le mousse, qui était en haut de l'escalier du faux-pont, disparut comme par enchantement, et arriva au fond de la cale en glissant avec rapidité le long des marches de l'échelle.

Arrivé là, le mousse se releva, et dit en se frottant les reins :

– J'en étais sûr, je l'avais vu à sa chique, il a de l'humeur.

Et après un moment de silence, Grain-de-Sel ajouta d'un air fort satisfait :

– J'aime bien mieux ça que d'être tombé sur la tête.

Puis, consolé par cette réflexion philosophique, il fut fidèlement veiller au déjeuner de maître Zéli.

CHAPITRE V
Retour

Holà ! d'où venez-vous, beau sire, la tête nue..,
la ceinture pendante ? ..., Quelle pâleur !
..., tudieu.., l'ami.., quelle pâleur !

Wordsworth

Quoiqu'il eût un peu épanché sa colère sur Grain-de-Sel, maître Zéli arpentait toujours le pont, en levant de temps en temps le poing et les yeux au ciel, et murmurait quelques paroles qu'il était impossible de prendre pour une pieuse invocation.

Tout à coup, fixant un regard attentif sur la jetée du port, il s'arrêta, saisit une longue-vue attachée près des habitacles, et, l'approchant de son œil :

– Enfin, enfin, c'est heureux ! s'écria-t-il, le voici ; oui, c'est bien lui... Quels coups d'avirons, comme ils nagent ! Allons, ferme, bravo, mes garçons ! doublez, doublez, et nous pourrons profiter de la brise et de la marée !

Et maître Zéli, oubliant qu'il était difficile de l'entendre à deux portées de canon, encourageait de la voix et du geste les matelots qui ramenaient à bord Kernok et son compagnon.

Enfin, l'embarcation qu'ils montaient atteignit le brick et aborda à tribord. Maître Zéli courut à l'échelle donner le coup de sifflet qui annonçait la présence du capitaine, et, son chapeau à la main, se disposa à le recevoir.

Kernok monta avec agilité le long du brick et sauta sur le pont.

Le maître fut frappé de sa pâleur et de l'altération de ses traits. Sa tête nue, ses habits en désordre, la gaine sans poignard qui pendait à sa ceinture, tout annonçait un événement extraordinaire. Aussi Zéli n'eut-il pas le courage de reprocher à son capitaine une absence trop prolongée, et c'est avec un air d'intérêt respectueux qu'il s'approcha de lui.

Kernok embrassa le brick d'un regard rapide et vit à l'instant si tout était en ordre.

– Maître, dit-il à Zéli d'une voix impérieuse et dure, à quelle heure est le flot ?

– À deux heures un quart, capitaine.

– Si la brise ne mollit pas, nous appareillerons à deux heures et demie. Faites hisser le pavillon et tirer le coup de canon de partance ; virez au cabestan, désaffourchez, et quand les ancres seront à pic, vous me préviendrez. Où est le lieutenant, le reste de l'équipage ?

– À terre, capitaine.

– Envoyez les embarcations les chercher. Celui qui ne sera pas à bord à deux heures aura vingt coups de corde et huit jours de fers sur un parc à boulet. Allez !

Jamais Zéli n'avait vu à Kernok un air si rude et si sévère. Aussi, contre son habitude, il ne fit pas une foule d'objections à chaque ordre de son capitaine, et se contenta d'aller promptement les exécuter.

Kernok, après avoir considéré d'un œil attentif la direction du vent et des boussoles, fit un signe à son compagnon et descendit dans sa chambre.

C'est ce compagnon qui vint le chercher dans l'antre de la sorcière. La voix pure et fraîche qui disait : « Kernok, mon Kernok ! », c'était la sienne ; comment n'eût-elle pas été douce, sa voix ! Il était si joli avec ses traits délicats et fins, son grand œil voilé par de longs cils, ses cheveux châtains et soyeux qui s'échappaient des larges bords d'un chapeau verni, et cette taille souple et élancée que dessinait une veste de gros drap bleu, et cette tournure vive et alerte ; comme il marchait libre et dégagé, le col dressé, la tête haute ! Ah ! *que Salero !* seulement sa figure paraissait dorée par un rayon du soleil des tropiques.

C'est aussi de ce climat brûlant que Kernok avait ramené ce

gentil compagnon, qui n'était autre que Mélie, belle jeune fille de couleur.

Pauvre Mélie ! pour suivre son amant elle avait quitté la Martinique et ses bananiers, et la savane, et sa case aux jalousies vertes. Pour lui, elle eût donné son hamac aux mille couleurs, ses madras rouges et bleus, les cercles d'argent massif qui entouraient ses jambes et ses bras ; elle eût tout donné, tout, jusqu'au sachet qui renfermait trois dents de serpent et un cœur de ramier, charme magique qui devait protéger ses jours tant qu'elle le porterait suspendu à son col.

Ainsi, voyez si Mélie aimait son Kernok.

Il l'aimait aussi, lui, oh ! il l'aimait avec passion, car il avait baptisé du nom de Mélie une longue couleuvrine de 18, placée sur le gaillard d'avant de son brick ; et il n'envoyait pas un boulet à l'ennemi qu'il ne se souvînt de sa maîtresse. Il fallait bien qu'il l'aimât, puisqu'il lui permettait de toucher à son excellent poignard de Tolède et à ses bons pistolets anglais. Que dirais-je de plus, c'est à elle qu'il confiait la garde de sa provision particulière de vin et d'eau-de-vie !

Mais ce qui prouvait plus que tout l'amour de Kernok, c'était une large et profonde cicatrice que Mélie portait au col. Cela provenait d'un coup de couteau que le pirate lui avait donné dans un mouvement de jalousie. Or, comme il faut toujours juger de la force de l'amour par la violence de la jalousie, on voit que Mélie devait passer des jours filés d'or et de soie auprès de son doux maître.

Elle descendit avec lui.

En entrant dans sa chambre, Kernok se jeta sur un fauteuil, et cacha sa tête dans ses mains, comme pour échapper à une vision funeste.

Il avait surtout frémi en apercevant la fenêtre par laquelle son défunt capitaine était tombé à la mer, comme chacun sait.

Mélie le considérait avec douleur ; puis, elle s'approcha timidement, s'agenouilla en prenant une de ses mains, qu'il lui abandonna :

– Kernok, qu'avez-vous ? votre main est brûlante.

Cette voix le fit tressaillir : il leva la tête, sourit amèrement, et jetant son bras autour du cou de la jeune mulâtresse, il la pressa contre lui ; sa bouche effleurait sa joue, lorsque ses lèvres rencontrèrent la fatale cicatrice.

– Enfer ! malédiction sur moi ! s'écria-t-il avec violence. Maudite vieille, sorcière infernale, où a-t-elle appris ?...

Et il fut pour respirer à la croisée ; mais, comme repoussé par une force invincible, il s'en éloigna avec horreur, et s'appuya sur le bord de son lit.

Ses yeux étaient rouges et ardents ; son regard, longtemps fixe, se voila peu à peu ; et succombant à la fatigue et à l'agitation de la veille, ses yeux se fermèrent. Il combattit d'abord le sommeil, puis y céda...

Alors, elle, les yeux humides de larmes, attira doucement la tête de Kernok sur son sein, qui s'élevait et s'abaissait rapidement. Lui, se laissant aller à ce doux balancement, s'endormit tout à fait ; tandis que Mélie, retenant son haleine, et écartant les cheveux noirs qui cachaient le large front de son amant, tantôt y déposait un léger baiser, tantôt passait un doigt effilé sur ses épais sourcils, qui se contractaient convulsivement, même pendant son sommeil.

– Capitaine, nous sommes à pic, dit maître Zéli en entrant.

En vain Mélie lui fit signe de se taire, montrant Kernok endormi : Zéli, ne connaissant que l'ordre qu'il avait reçu, répéta d'une voix plus forte :

– Capitaine, nous sommes à pic !

– Hein !... Qu'y a-t-il ?... Qu'est-ce ?... dit Kernok en se dégageant des bras de la jeune fille.

– L'ancre de bâbord est à pic, répéta Zéli pour la troisième fois, avec une intonation plus élevée encore.

– Et qui a donné cet ordre, maître sot ?

– Vous, capitaine.

– Moi !

– Vous, capitaine, en revenant à bord, il y a deux heures ; vrai comme voilà un chasse-marée qui borde sa trinquette, dit Zéli avec un accent de conviction profonde, en montrant par la fenêtre un navire qui exécutait en effet cette manœuvre.

Et Kernok jetait un regard sur Mélie, qui baissait, en souriant, sa jolie tête, pour confirmer l'assertion de Zéli.

Alors il passa rapidement la main sur son front, et dit :

– Oui, oui, c'est bien, dérapez, fais tout préparer pour l'appareillage ; je vais monter. La brise n'a pas molli ?

– Non, capitaine ; au contraire, elle fraîchit beaucoup.

– Va et dépêche-toi.

Le ton de Kernok n'était plus dur et impétueux, mais seulement brusque ; aussi Zéli, voyant que le calme avait succédé à l'agitation de son capitaine, ne put s'empêcher de prononcer un mais...

– Vas-tu recommencer tes mais et tes si ? Prends garde... ou je te casse mon porte-voix sur la tête ! s'écria Kernok d'une voix de tonnerre en s'avançant sur maître Zéli.

Celui-ci s'esquiva promptement, jugeant bien que son capitaine n'était pas encore dans une situation d'esprit assez paisible pour supporter patiemment ses éternelles contradictions.

– Calmez-vous, Kernok, dit Mélie timidement. Comment vous trouvez-vous maintenant ?

– Mais bien, très bien. Cordieu ! ces deux heures de sommeil ont suffi pour me calmer et chasser les idées sottes que cette maudite sorcière m'avait fourrées dans la tête. Allons, allons, la brise fraîchit, nous allons sortir du port. Aussi bien, que faisons-nous là, tandis qu'il y a des trois-mâts dans la Manche, des galions dans le golfe de Gascogne, et de riches navires portugais dans le détroit de

Gibraltar ?

– Comment ! vous partirez aujourd'hui, un vendredi ?

– Écoute bien ce que je vais te dire, ma bien-aimée : j'aurais dû te châtier d'importance pour m'avoir décidé par tes supplications à aller entendre les rêveries d'une folle. Je t'ai pardonné ; mais ne me romps pas davantage les oreilles de ton bavardage, sinon...

– Ses prédictions sont-elles donc sinistres ?

– Ses prédictions ! j'en fais cas comme de ça... Seulement, ce que je puis lui prédire, moi, à la vieille chouette, et tu verras si je me trompe, c'est qu'à ma première relâche à Pempoul, j'irai avec une douzaine de gabiers lui rendre une visite dont elle se souviendra ; que la foudre m'écrase s'il reste une pierre de sa cassine, et si je ne lui rends pas le dos de la couleur de l'arc-en-ciel !

– Ne parlez pas ainsi d'une femme *à seconde vue*, par pitié ! ne partez pas aujourd'hui ; tout à l'heure un goéland noir et blanc voltigeait au-dessus du brick en poussant des cris aigus ; c'est d'un mauvais présage... ne partez pas !

En disant ces mots, Mélie s'était jetée aux genoux de Kernok, qui l'avait d'abord écoutée avec assez de patience ; mais, lassé, il la repoussa si durement que la tête de Mélie rebondit sur le plancher.

Au même instant, à une secousse violente que le navire éprouva, Kernok, devinant que l'ancre venait de céder au cabestan, s'élança sur le pont, son porte-voix à la main.

CHAPITRE VI
Appareillage

Alerte ! alerte ! voici les pirates d'Ochali qui partent.

Le Captif d'Ochali

Lorsque Kernok parut sur le pont, il se fit un profond silence.

On n'entendait que le bruit aigu du sifflet de maître Zéli, qui, penché sur l'avant du brick, faisait amarrer l'ancre en indiquant la manœuvre par des modulations différentes.

– Faut-il déraper l'ancre de tribord ? cria-t-il au second, qui transmit cette demande à Kernok.

– Attends, dit celui-ci, et fais monter tout le monde sur le pont.

Un coup de sifflet particulier, répété par le contremaître, était à peine donné, que les cinquante-deux hommes et les cinq mousses qui composaient l'équipage de *L'Épervier* étaient sur le pont, rangés sur les deux lignes, la tête haute, le regard fixe et les mains pendantes.

Ces braves gens n'avaient pas l'air candide et pur d'un jeune séminariste, oh ! non. On voyait à leurs traits durs et prononcés, à leur teint hâlé, à leur front sillonné, que les passions – et quelles passions ! –, que les passions avaient passé par là, et qu'ils avaient mené une vie, hélas ! bien orageuse, ces honnêtes compagnons.

Et puis, c'était un équipage cosmopolite ; c'était comme un résumé vivant de presque tous les peuples du monde : Français, Russes, Anglais, Allemands, Italiens, Espagnols, Américains, Égyptiens, Hollandais, que sais-je ? il y avait de tout, vous dis-je ; jusqu'à un Chinois que Kernok avait embauché à Manille. Pourtant cette société, composée d'éléments si peu homogènes, vivait à bord en parfaite intelligence, grâce à la rigoureuse discipline que Kernok avait établie.

– Fais l'appel, dit-il au second, et chaque matelot répondit à son nom.

Il en manquait un, Lescoët, le pilote, un compatriote de Kernok.

– Note-le pour vingt coups de corde et huit jours de fers, dit celui-ci au lieutenant.

Et le lieutenant écrivit sur son carnet : *Lescoët, 20 c. de c. et 8 j. de f.,* avec autant d'insouciance qu'un négociant qui date l'échéance d'un billet.

Kernok alors monta sur le banc de quart, déposa son porte-voix près de lui et parla en ces termes :

– Enfants, nous allons reprendre la mer. Il y a deux mois que nous moisissons ici, comme un ponton pourri ; nos ceintures sont vides ; mais la soute à poudre est pleine, nos canons ont la bouche ouverte, et ne demandent qu'à parler. Nous allons sortir par une bonne brise de nord-ouest et flâner du côté du détroit de Gibraltar ! et si saint Nicolas et sainte Barbe nous assistent, mordieu ! enfants, nous reviendrons les poches pleines faire danser les filles de Saint-Pol et boire le vin de Pempoul.

– Hourra ! hourra ! cria l'équipage en signe d'approbation.

– Dérape à tribord, range à larguer le grand foc, à border la brigantine ! cria Kernok d'une voix de stentor, donnant aussitôt l'ordre d'appareiller, pour ne pas laisser refroidir l'ardeur de son équipage.

Le brick, n'étant plus appuyé sur ses ancres, suivit l'impulsion du vent et vint sur tribord.

– Range et largue les huniers, oriente au plus près ! brasse, brasse bâbord ! amarre les huniers ! cria encore Kernok.

Et le brick, sentant la force de la brise, se mit en marche ; ses larges voiles grises se gonflèrent peu à peu, le vent circula en sifflant dans ses cordages ; déjà Pempoul, la côte de Tréguier, l'île Sainte-Anne-Ros-Istan et la tour Blanche, s'effaçant peu à peu, fuyaient aux yeux des matelots, qui, groupés dans les haubans et dans les hunes, le regard fixé sur la terre, semblaient saluer la France d'un long et dernier adieu.

– La barre à bâbord, la barre à bâbord ! laisse arriver ! cria tout à coup Zéli avec effroi.

Aussitôt la roue du gouvernail tourna rapidement, et *L'Épervier* s'inclina et frémit sur la lame.

– Qu'y a-t-il donc ? demanda Kernok quand la manœuvre fut exécutée.

– C'est Lescoët qui nous rejoint, capitaine ; le bateau qui le porte a manqué de se laisser aborder, et nous l'eussions coulé comme une coquille de noix, si je n'avais fait venir sur tribord, répondit Zéli.

Le retardataire, qui était lestement sauté à bord, s'avança d'un air confus près de Kernok.

– Pourquoi as-tu autant tardé ?

– Ma vieille mère vient de mourir ; j'ai voulu rester jusqu'au dernier moment pour lui fermer les yeux.

– Ah ! dit Kernok ; puis, se tournant vers son second : Faites régler le compte de ce bon fils.

Et le second dit deux mots à l'oreille de Zéli, qui emmena Lescoët à l'avant du brick.

– Mon garçon, lui dit-il alors en balançant une corde longue et mince, nous avons un os à ronger ensemble.

– Je comprends, dit Lescoët en pâlissant ; et combien ?

– Une misère.

– Mais encore ? On aime à savoir.

– Tu verras ; on ne te fera tort de rien ; d'ailleurs, tu compteras.

– Je me vengerai.

– On dit toujours cela avant, et puis après, on n'y pense pas plus qu'à la brise de la veille. Allons, mon garçon, dépêchons ; car je vois le capitaine qui s'impatiente, et il pourrait vouloir me faire goûter de la même sauce.

Et on attacha Lescoët sur une échelle de haubans, les bras élevés, le dos nu jusqu'à la ceinture.

– On est prêt, dit maître Zéli. Kernok fit un signe, la garcette siffla et retentit sur le dos de Lescoët. Jusqu'au sixième coup il se comporta fort décemment ; on n'entendait qu'une espèce de gémissement sourd qui accompagnait chaque coup de corde. Mais au septième le courage l'abandonna, et, au fait, il devait souffrir beaucoup, car chaque coup laissait sur son corps un sillon rouge qui devenait aussitôt bleu et blafard ; puis l'épiderme s'enleva, la chair était vive et saignante. Il paraît que la torture devint intolérable, puisqu'un état d'affaissement général remplaça l'irritation convulsive qui jusque-là avait soutenu Lescoët.

– Il se trouve mal, dit Zéli, la garcette levée.

Alors M. Durand, le canonnier-chirurgien-charpentier du bord, s'approcha, tâta le pouls du patient ; puis, grimaçant une espèce de moue, il leva les épaules et fit un mouvement significatif à maître Zéli.

La garcette joua de nouveau, mais le son qu'elle rendait n'était plus sec et éclatant comme lorsqu'elle retombait sur une peau lisse et polie, mais sourd et mat comme le bruit d'une corde qui frapperait une boue épaisse.

C'est qu'aussi le dos de Lescoët était à vif ; la peau tombait en lambeaux, à ce point que le maître mettait sa main devant ses yeux pour ne pas être éclaboussé par le sang qui jaillissait à chaque coup.

– Et vingt, dit-il avec un air de satisfaction mêlé de regret, comme une jeune fille qui donne à son amant le dernier des baisers qu'elle lui a promis.

Ou, si vous l'aimez mieux, comme un banquier qui compte sa dernière pile d'écus.

Toujours est-il qu'on emporta Lescoët sans qu'il donnât aucun signe de vie.

– Maintenant, dit Kernok, un bon emplâtre de poudre à canon et de vinaigre sur ces égratignures, demain il n'y paraîtra plus. Puis, s'adressant au maître timonier : Courez une bonne bordée au sud-ouest ; si l'on signale une voile, venez m'avertir.

Et il descendit dans sa chambre pour rejoindre Mélie.

CHAPITRE VII
Carlos et Anita

... Ce tumulte affreux, cette fièvre dévorante... c'est l'amour...

O. P.

Aver la morte innanzi gli occhi per me.

Pétrarque

La douce influence des climats méridionaux se faisait encore sentir, car le trois-mâts le *San-Pablo* se trouvait à la hauteur du détroit de Gibraltar. Poussé par une faible brise, toutes ses voiles étaient dehors, depuis le contre-cacatois jusqu'aux focs d'étai. Il venait du Pérou, et se rendait à Lisbonne sous pavillon anglais, ignorant la rupture de la France et de l'Angleterre.

L'appartement du capitaine était occupé par don Carlos Toscano et sa femme, riches négociants de Lima, qui avaient frété le *San-Pablo* à Calao.

On ne reconnaissait plus la chambre du navire, tant Carlos y avait déployé de luxe et d'élégance. Sur les parois nues et grises s'étendait une riche draperie qui, se séparant au-dessus des fenêtres, retombait en plis ondoyants. Le plancher était recouvert de nattes de Lima tressées d'une paille fine et blanche, et encadrées dans de larges dessins de couleurs tranchantes. De longues caisses de bois d'acap rouge et poli contenaient des camélias, des jasmins du Mexique et des cactus aux feuilles épaisses. Puis, dans une belle volière de citronnier entourée d'un léger réseau d'argent, voltigeaient des bengalis à la tête verte, aux ailes pourpres reflétées d'or, et de jolies perruches de Porto-Rico, toutes bleues, avec une aigrette orange et un bec noir comme l'ébène.

L'air était tiède et embaumé, le ciel pur, la mer magnifique ; et, sans le léger balancement que la houle imprimait au navire, on aurait pu se croire à terre.

Assis sur un riche divan, Carlos souriait à sa femme, qui tenait encore une guitare à la main.

– *Brava, brava*, mon Anita ! s'écria-t-il, jamais on n'a mieux chanté l'amour.

– C'est qu'on ne l'a jamais mieux éprouvé, mon ange.

– Oui, et pour toujours..., dit Carlos.

– Pour la vie..., dit Anita.

Et leurs bouches se rencontrèrent, et il la serra contre lui dans une étreinte convulsive.

En tombant à leurs pieds, la guitare rendit un accord doux et harmonieux comme le dernier son d'un orgue.

Carlos regardait sa femme de ce regard qui va au cœur, qui fait frissonner d'amour, qui fait mal.

Et elle, fascinée par ce regard âcre et brûlant, murmurait en fermant ses yeux appesantis : « Grâce !... grâce... mon Carlos ! »

Puis, joignant ses mains, elle glissa doucement aux pieds de Carlos, et. appuya sa tête sur ses genoux ; de sorte que sa pâle figure était comme voilée par ses longs cheveux noirs : seulement ses yeux brillaient à travers, ainsi qu'une étoile au milieu d'un ciel sombre.

– Et tout cela est à moi, pensait Carlos ; à moi seul au monde, et pour toujours ! car nous vieillirons ensemble ; les rides sillonneront aussi cette figure fraîche et veloutée ; ces anneaux d'ébène s'arrondiront en boucles argentines, disait-il en passant sa main dans la chevelure soyeuse d'Anita, et, vieille, vieille grand-mère, elle s'éteindra par un beau soir d'automne, au milieu de ses petits-enfants, et ses derniers mots seront : « Je te rejoins, mon Carlos. » Oh ! oui, car je serai mort avant elle... Mais d'ici là, que d'avenir ! que de beaux jours ! Jeunes et forts, riches, heureux d'une conscience pure et du souvenir de quelques bienfaits, nous aurons revu notre belle Andalousie, Cordoue et son Alhambra, sa mosaïque d'or, ses portiques découpés à jour, son architecture aérienne, notre belle villa avec ses bois d'orangers frais et parfumés, et ses bassins de marbre blanc où dort une eau limpide.

– Et mon père... et la maison où je suis née... et la jalousie verte que je soulevais si souvent quand tu passais, et la vieille église de San-Juan, où pour la première fois, pendant que j'étais à prier, ta bouche murmura à mon oreille : « Mon Anita, je t'aime !... » Et vois si la Vierge me protège ! au moment où tu me disais : « Je t'aime », je venais de lui demander ton amour, en promettant une neuvaine à Notre-Dame, reprit Anita, car son époux avait fini par penser tout haut. Écoute, mon Carlos, soupira-t-elle ; jure-moi, mon ange, que dans vingt ans nous dirons une autre neuvaine à Notre-Dame pour lui rendre grâce d'avoir béni notre union.

– Je te le jure, âme de ma vie ! car dans vingt ans nous serons encore jeunes d'amour et de bonheur.

– Oh ! oui, notre avenir est si riant, si pur, que...

Elle ne put achever, car un boulet ramé, entrant en sifflant par la poupe, lui fracassa la tête, coupa Carlos en deux, et brisa les caisses de fleurs et la volière.

Quel bonheur pour les bengalis et les perruches, qui se sauvèrent par les fenêtres en battant joyeusement des ailes !

CHAPITRE VIII
Prise

... Vil métal !

Burke

... Possible !

Balzac

– Sacrebleu, le beau coup ! Vois donc, maître Zéli... le boulet est entré au-dessous du couronnement, et est sorti par le troisième sabord de tribord. Mordieu ! Mélie, tu fais merveille !

Ainsi disait Kernok, une longue-vue à la main, et caressant la couleuvrine encore toute fumante qu'il venait de pointer lui-même sur le *San-Pablo*, parce que ce navire n'avait pas hissé assez vite son pavillon.

C'est ce boulet qui venait de tuer Carlos et sa femme.

– Ah ! c'est heureux, reprit Kernok en voyant le pavillon anglais se dérouler peu à peu au bout de la corne du trois-mâts, c'est heureux, il se nomme... il dit de quel pays ! mais je ne me trompe pas... un Anglais ; c'est un Anglais, et le chien ose le signaler, et il n'a pas un canon à son bord ! Zéli, Zéli, cria-t-il d'une voix de tonnerre, fais larguer toutes les voiles du brick, border les avirons ; dans une demi-heure nous nagerons dans ses eaux. Vous, lieutenant, faites faire le branle-bas de combat, envoyez les hommes à leurs pièces, et distribuez les sabres et les piques d'abordage.

Puis, s'élançant sur une caronade :

– Enfants ! si je ne me trompe, ce trois-mâts arrive de la mer du Sud ; à cette guibre courte et camarde, à cette rentrée, je reconnais un bâtiment portugais ou espagnol qui se rend à Lisbonne sous pavillon anglais, ignorant peut-être que la guerre est déclarée à l'Angleterre. Ça le regarde. Mais ce chien-là doit avoir des piastres dans le ventre. Nous allons voir, cordieu ! Enfants, sa coque seule vaut vingt mille gourdes ! mais patience, *L'Épervier* étend ses ailes et va bientôt montrer ses ongles. Allons, enfants ! nageons, nageons ferme !

Et il animait de la voix et du geste les matelots qui, courbés sous les longs avirons du brick, doublaient la vitesse que lui donnait la brise.

D'autres marins s'armaient précipitamment de sabres et de poignards, et maître Zéli faisait en tout cas disposer les grappins d'abordage.

Kernok, lui, après avoir fait toutes ses dispositions, descendit dans le faux pont et enferma Mélie, qui dormait dans son hamac.

On était prêt à bord de *L'Épervier* : le capitaine du malheureux *San-Pablo*, reconnaissant le brick de Kernok pour un bâtiment de guerre, tout en gémissant du malheur arrivé à son bord, avait hissé le pavillon anglais, espérant se mettre sous sa protection.

Mais quand il vit la manœuvre de *L'Épervier*, dont la marche était encore hâtée par de longs avirons, il n'eut plus de doute et comprit qu'il était tombé sous le vent d'un corsaire.

Fuir était impossible. À la faible brise qui soufflait par rafales avait succédé un calme plat, et les avirons du pirate lui donnaient un avantage de marche positif. Il ne fallait plus songer à se défendre. Que pouvaient faire les deux mauvais canons du *San-Pablo* contre les vingt caronades de *L'Épervier*, qui ouvraient leurs gueules menaçantes ?

Le prudent capitaine mit donc en panne, attendit l'événement, ordonna à son équipage de se prosterner à genoux, et d'invoquer san Pablo, le patron du navire, qui ne pouvait manquer de manifester sa puissance dans une telle occasion.

Et, suivant l'exemple du capitaine, l'équipage dit un *Pater*.

Mais *L'Épervier* avançait toujours.

Deux *Ave*.

On entendait déjà le bruit de ses avirons, qui battaient les flots en cadence.

Cinq *Credo*.

– *Vale me Dios !* C'était la voix, la grosse et terrible voix de Kernok qui résonnait aux oreilles des Espagnols.

– Oh ! oh ! disait le pirate, il met en panne, il amène son pavillon, le gredin est souventé ; il est à nous. Zéli, fais mettre en travers, armer la chaloupe et le grand canot ; je vais aller flâner à bord.

Et Kernok, passant des pistolets dans sa ceinture, s'armant d'un large coutelas, fut d'un bond dans l'embarcation.

– Et si c'est une ruse, si le trois-mâts fait un seul mouvement, cria-t-il au lieutenant, faites force d'avirons et venez vous embosser à longueur de gaffe.

... Dix minutes après, Kernok sautait sur le pont du *San-Pablo*, ses pistolets à la main, son sabre entre ses dents.

Mais il poussa un tel éclat de rire que sa bonne lame tomba de sa bouche. S'il riait tant, c'était de voir le capitaine espagnol et son équipage agenouillés devant une statue grossière de saint Paul, et se frappant la poitrine à coups réitérés. Le capitaine surtout baisait une relique avec une ferveur toujours croissante, en murmurant : « San Pablo, *ora pro nobis...* »

San Pablo ne pria point, hélas !

– Finis tes singeries, vieux corbeau, dit Kernok, quand il eut assez ri, et mène-moi à ton nid.

– *Señor, no entiendo*, répondit en frissonnant le malheureux capitaine.

– Ah ! c'est vrai, dit Kernok, tu n'entends pas le français.

Or, comme Kernok possédait de toutes les langues vivantes juste ce qui était relatif et nécessaire à sa profession, il reprit avec aménité :

– *El dinero, compadre*, l'argent, compère.

Et l'Espagnol essaya de balbutier encore un *no entiendo*.

Mais Kernok, qui était au bout de son instruction, remplaçant le dialogue par la pantomime, lui mit sous le nez le canon de son pistolet.

À cette invitation, le capitaine poussa un profond, un douloureux, un poignant soupir, et fit signe au pirate de le suivre.

Quant au reste de l'équipage du *San-Pablo*, les matelots du brick l'avaient garrotté pour n'être pas distraits dans leurs opérations.

L'entrée de la soute, où était déposé l'argent de don Carlos, se trouvait sous la natte qui couvrait le plancher. Aussi Kernok fut-il obligé de passer par la chambre où gisaient les restes sanglants des deux époux. Le pauvre capitaine détourna la vue, et passa la main sur ses yeux.

– Tiens ! dit Kernok en poussant le cadavre du pied, voilà l'ouvrage de Mélie. Mordieu, quelle besogne ! Ah çà ! mais *el dinero..*, *el dinero*, compère, c'est l'important.

Ils ouvrirent la soute ; alors Kernok fut sur le point de se trouver mal à la vue d'une centaine de tonneaux cerclés en fer, sur chacun desquels on lisait vingt mille piastres (cinquante mille francs).

– Est-il possible ! s'écria-t-il. Quatre, cinq... peut-être dix millions !

Et, dans sa joie, il embrassait son second, il embrassait les matelots, il embrassait le capitaine espagnol, il embrassait tout le monde, tout, jusqu'aux cadavres sanglants de Carlos et d'Anita.

Deux heures après, une embarcation conduisait à bord de L'*Épervier* les cinq dernières tonnes d'argent, reste des dépouilles du trois-mâts marchand, où Kernok avait laissé dix hommes de garnison, l'équipage espagnol garrotté sur le pont, et le capitaine attaché au grand mât.

– Enfants, dit Kernok, je vous donne ce soir, comme on dit, *noces et festin*, et puis une surprise, si vous êtes sages.

– Mordieu ! sacrebleu ! capitaine, nous serons sages, sages comme des vierges", répondit maître Zéli en faisant l'agréable.

CHAPITRE IX
Orgie

Hic chorus ingens
... Colit orgia.

Avienus

– Du vin, sacrebleu ! du vin !

Les bouteilles se choquent, les flacons se brisent, les jurements et les chants éclatent de toutes parts.

C'est tantôt le bruit sourd que fait un pirate aviné en tombant sur le pont, tantôt la voix chevrotante de ceux qui tiennent encore leur verre à la main et de l'autre se cramponnent à la table.

– Du vin ici, mousse, du vin, ou. je t'assomme !

Et il y en a qui luttent entre eux pied contre pied, front contre front. Ils s'étreignent, ils s'enlacent : l'un glisse, tombe ; un os crie et se rompt, et les imprécations remplacent le rire.

Il y en a qui sont couchés saignants, le crâne ouvert, au pied de gais compagnons qui détonnent une délirante chanson bachique.

Il y en a qui, dans le dernier degré de l'abrutissement et de l'ivresse, s'amusent à écraser entre deux boulets la main d'un matelot ivre mort.

Et il y a une foule d'autres jeux encore.

Les gémissements, les cris de rage et de folle joie se confondent et s'accouplent.

Le pont est rougi de vin ou de sang. Qu'importe ! le temps fuit rapide à bord de *L'Épervier* : tout est folie, entraînement, délire. Allez, allez, jouissez de la vie, elle est courte. Les jours mauvais sont fréquents ; qui sait si aujourd'hui aura pour vous un lendemain. Amusez-vous donc, parbleu ! saisissez le plaisir en tout et partout.

Non, ce plaisir frêle, décent, aux ailes d'or et d'azur, qui ressemble à une jeune fille douce et timide ; ce plaisir délicat, qui aime à secouer sa tête fraîche et blonde devant les mille glaces d'un boudoir, ou à effleurer du bout de ses lèvres roses une coupe remplie d'une liqueur glacée ; ce sybarite enfin qui ne veut autour de lui que fleurs, parfums et pierreries, femmes jeunes et vives, musique mélodieuse et vins exquis. Non, sacrebleu ! mais ce plaisir robuste et carré, à l'œil de satyre, au rire de démon, qui hante les tavernes et les tripots, boit et s'enivre, mord et déchire, frappe et tue, puis se roule et se tord au milieu des débris d'un repas grossier, en poussant un éclat de rire qui ressemble au râlement d'un chacal.

Allez, allez, jouissez de la vie ; elle est courte, vous dis-je. Donc on jouissait de la vie à bord de *L'Épervier*.

Il était nuit close : les fanaux qui garnissaient les bastingages répandaient une vive clarté sur le pont du navire, que Kernok avait fait garnir de tables pour fêter son heureuse capture.

Au repas succédait le divertissement. Le mousse Grain-de-Sel, après s'être frotté de goudron de la tête aux pieds, avait trouvé bon de se rouler dans un sac de plumes ; et, sorti de là, il ressemblait assez à un volatile à deux pieds et sans ailes.

Et quel plaisir de le voir gambader, tourner, sauter, danser, voltiger, enhardi par les applaudissements de l'équipage, et excité par les coups de corde que maître Zéli lui administrait de temps en temps pour entretenir sa souplesse.

Mais un drôle de corps, un plaisant, un Allemand, je crois, voulant rendre la fête complète, approcha une mèche enflammée de l'aigrette d'étoupe qui se balançait avec grâce sur le front de Grain-de-Sel...

Puis le feu communiquant de l'étoupe aux cheveux, des cheveux aux plumes, l'acrobate improvisé, le malheureux Grain-de-Sel, absorba tant de calorique, que sa peau se fendit et craqua sous son enveloppe enflammée.

Pour le coup on riait aux larmes à bord de *L'Épervier*. Pourtant, comme le mousse poussait des cris affreux, une bonne âme, une âme compatissante, car il y en a partout, le prit et le jeta à la mer en disant :

– Je vais l'éteindre.

Heureusement Grain-de-Sel nageait comme un saumon ; il se plut même à prolonger son bain, qui le rafraîchit beaucoup, se promena autour du brick comme un triton ou une naïade, à votre choix, puis y rentra par le sabord d'arcasse, en disant avec son stoïcisme accoutumé :

– J'aime bien mieux ça que d'être brûlé vif ; mais je me suis tout de même joliment amusé.

On entendit un coup de pistolet ; puis un cri perçant sortit de la chambre de Kernok, Zéli s'y précipita ; c'était un rien, une misère.

Figurez-vous que Kernok, un peu échauffé par le grog, avait beaucoup vanté son adresse à Mélie. « Je te parie, lui disait-il, que d'un coup de pistolet je te fais sauter le couteau que tu tiens à la main. » Mélie ne doutait pas de l'habileté de son amant ; mais, ne se souciant pas de l'épreuve, elle avait éludé la proposition.

– Lâche, lui avait crié Kernok : eh bien ! pour t'apprendre, je vais t'enlever ton verre ; et ce disant, il s'était armé d'un pistolet, et le verre de Mélie, brisé par la balle, avait volé en éclats.

Quand Zéli entra, Kernok, renversé en arrière, le pistolet encore à la main, riait de la frayeur de Mélie, qui, pâle et tremblante, s'était réfugiée dans un coin de la chambre.

– Eh bien ! Zéli, dit le pirate, eh bien ! mon vieux loup de mer, tes demoiselles s'amusent-elles bien là-haut ?

– Je vous en réponds, capitaine ; mais ces dames attendent la surprise.

– La surprise ? Ah ! c'est vrai ; écoute…

Et il dit deux mots à l'oreille de Zéli. Celui-ci recula d'un air étonné, ouvrant sa large bouche.

– Comment... vous voulez...

– Certes, je le veux. N'est-ce pas une surprise ?...

– Et une fameuse, qui sera drôle encore... J'y vais, capitaine.

Kernok monta bientôt sur le pont avec Mélie. À son aspect, ce furent de nouveaux cris de joie.

– Hourra pour le capitaine Kernok, hourra pour sa femme, hourra pour *L'Épervier* !!!

Une fusée partit du *San-Pablo*, qui était en panne à deux portées de fusil du brick. Elle décrivit sa courbe, et retomba en pluie de feu.

– Capitaine, voyez donc cette fusée, dit le lieutenant.

– Je sais ce que c'est, mon brave. Allons, allons, enfants, faites circuler le rhum et le genièvre. Un verre à moi, un verre à ma femme !

Mélie voulut refuser ; mais comment résister à son doux ami ?

– Vivent les camarades et les braves enfants du capitaine de *L'Épervier* ! dit Kernok, après avoir bu.

– Hourra ! reprit l'équipage d'une voix forte et sonore.

L'orgie était alors à son comble. Les matelots s'étaient pris par la main et tournoyaient avec rapidité tout autour du pont, en chantant à tue-tête les refrains les plus obscènes et les plus crapuleux.

Bientôt maître Zéli accosta à bâbord, ramenant du bord du *San-Pablo* les dix hommes que Kernok y avait laissés momentanément.

Il ne restait plus à bord du navire espagnol que son équipage, lié et garrotté sur le pont.

– Tout est prêt, dit Zéli ; quand la seconde fusée partira, capitaine, c'est que la mèche aura atteint...

– C'est bien, répondit Kernok en l'interrompant. Enfants, je vous ai promis une surprise, si vous vous conduisiez bien. Votre sagesse et votre modération ont dépassé mon attente ; vous allez en être récompensés. Vous voyez ce trois-mâts espagnol gréé et équipé comme il l'est, il vaut bien... trente mille piastres... je le paye quarante mille, moi, enfants ! je l'achète sur ma part de prise, afin d'avoir le plaisir d'offrir à l'équipage de *L'Épervier* un feu d'artifice avec accompagnement de musique. Tenez, voici le signal. Allons, prenez vos places !

Et tout l'équipage, du moins ceux qui étaient en état de monter et de voir, se groupèrent dans les hunes et dans les haubans.

La seconde fusée étant sortie du *San-Pablo*, le feu commençait à s'y développer...

C'était la surprise que Kernok ménageait à son équipage ; il avait envoyé maître Zéli à bord du navire espagnol, pour retirer le peu de poudre qui pouvait y rester, et disposer des matières combustibles dans la cale et dans le faux pont, puis garrotter le plus solidement possible les malheureux Espagnols, qui ne se doutaient encore de rien.

C'était donc le *San-Pablo* qui brûlait ; la nuit était noire, l'air calme, la mer comme un miroir.

D'abord une fumée épaisse et bitumineuse sortit par les panneaux du navire avec une nuée d'étincelles.

Et un cri perçant... affreux... qui retentit au loin, s'élança de l'intérieur du *San-Pablo* ; car son équipage voyait à quel sort il était réservé.

– Voilà déjà la musique, dit Kernok.

– Ils chantent diablement faux, répondit Zéli.

Bientôt la fumée se colora davantage, devint d'un rouge vif, et fit enfin place à une colonne de flammes qui, s'élevant en tourbillonnant du grand panneau, projeta sur les eaux un long reflet couleur de sang.

– Hourra !!! cria l'équipage du brick.

Puis l'incendie s'augmenta ; le feu, sortant des trois panneaux à la fois, se joignit et s'étendit comme un vaste rideau enflammé, sur lequel la mâture et les cordages du *San-Pablo* se dessinaient en noir.

Alors aussi les cris des Espagnols garrottés au milieu de cette fournaise ardente devinrent si atroces que les pirates, comme malgré eux, poussèrent des hurlements sauvages pour étouffer la voix déchirante de ces malheureux.

L'incendie était alors dans toute sa force. Bientôt les flammes s'attachèrent au gréement et coururent le long de tous les cordages ; les mâts, n'étant plus soutenus par les haubans, craquèrent, et tombèrent sur le pont avec un fracas effroyable ; des manœuvres en feu pendaient de tous côtés, et cet immense foyer de lumière paraissait d'autant plus éclatant que la nuit était plus sombre.

Les Espagnols ne criaient plus...

Tout à coup la flamme, faisant une large trouée dans un des flancs du navire, et le grand mât s'abattant du même côté, le *San-Pablo* donna une forte bande, se pencha sur tribord, et l'eau entra en bouillonnant dans la cale.

Peu à peu le corps du navire s'abîma.

Déjà il n'avait plus hors de l'eau que son mât d'artimon, seul resté debout, isolé sur l'eau, et qui flamboyait comme une torche funèbre... puis le mât disparut ; le mât de hune éleva encore un moment son brandon enflammé ; mais bientôt l'eau frémit autour, et l'on ne vit plus qu'une légère fumée rougeâtre, puis plus rien... rien... que l'immensité... la nuit...

– Tiens ! déjà fini, dit Kernok ; le *San-Pablo* nous a volé notre argent.

– Vive le capitaine Kernok, qui donne d'aussi belles fêtes à son équipage ! cria Zéli.

– Hourra ! répondit l'équipage.

Et les pirates, fatigués, se jetèrent sur le pont ; Kernok laissa *L'Épervier* en panne jusqu'au point du jour, et fut goûter quelques instants de repos avec cette satisfaction d'un homme opulent qui regagne sa chambre à coucher à la fin d'une fête somptueuse qu'il vient de donner.

Puis le pirate murmura en s'assoupissant :

– Ils doivent être contents, car j'ai fort bien fait les choses : un navire de trois cents tonneaux et trois douzaines d'Espagnols ! c'est honnête ; il ne faut pourtant pas qu'ils s'y habituent ; c'est bon de temps en temps, parce qu'après tout il faut bien rire un peu.

CHAPITRE X
Chasse

Tout dormait à bord de *L'Épervier* ; Mélie seule était montée sur le pont, agitée par une vague inquiétude. Quoique la nuit fût encore sombre, une lueur blafarde, qu'on apercevait à l'horizon, annonçait l'approche du crépuscule. Bientôt de larges bandes d'un rouge vif et doré sillonnèrent le ciel, les étoiles pâlirent, disparurent, le soleil commença de poindre, puis s'éleva lentement sur les eaux bleues et immobiles de l'Océan, qu'il sembla couvrir d'un voile de pourpre.

Le calme étant toujours aussi plat, le brick restait en panne sous ses amures de la veille. Mélie rêvait assise sur le banc de quart, sa tête cachée entre ses deux mains ; mais lorsqu'elle la releva, le jour, déjà assez élevé, lui permettait de distinguer les objets qui l'entouraient : elle frémit d'horreur et de dégoût !

C'étaient des matelots couchés au milieu des pots et des débris du repas de la veille ; c'était le désordre le plus complet ; les boussoles renversées, les manœuvres et les cordages confusément mêlés, des armes et des verres en éclats, des tonneaux défoncés laissant couler sur le pont des flots de vin et d'eau-de-vie... Ici, de braves compagnons endormis, les bras jetés deçà et delà, étreignaient encore une bouteille dont il ne restait plus que le goulot, semblables à ces fiers Cordovans qui, morts, gardaient pourtant au poing le tronçon d'une dague. Là, un pirate dormait le cou passé sous la roue du gouvernail, de sorte qu'au moindre mouvement de rotation, il devait avoir la tête écrasée.

Un vrai lendemain d'orgie, et d'orgie de pirate, encore ! .

Mélie commença par bénir la Providence de ce qu'elle avait protégé avec tant de sollicitude toute cette honnête société, que le brick berçait sur les eaux ; car, grâce à l'incurie qui régnait à bord pour le moment, si une tempête se fût élevée pendant la nuit, c'était fait de *L'Épervier* et de Kernok, et de l'équipage et des dix millions ; quel dommage !

Aussi voulut-elle prier. La pauvre fille trouvait à bord si peu d'occasions d'élever son âme vers le Créateur ! Pour prier, elle s'agenouilla et tourna involontairement les yeux vers cette ligne vaporeuse et bleuâtre qui ceint l'horizon ; mais elle ne pria pas. Son regard devint fixe et s'attacha sur un point d'abord incertain, mais que bientôt elle parut mieux distinguer ; enfin, portant la main au-dessus de ses sourcils pour isoler davantage les rayons visuels, elle resta un instant contemplative, puis ses traits prirent une vive expression de crainte, et en deux bonds elle fut dans la chambre de Kernok.

– Tu es folle, disait le pirate en montant sur le pont d'un pas lourd et encore aviné ; mais si tu m'as éveillé pour rien...

– Tenez, répondit Mélie en lui présentant une longue-vue d'une main, tandis que de l'autre elle désignait un point blanc qui se voyait à l'horizon.

– Sacrebleu ! dit Kernok après avoir regardé attentivement, et il porta vivement la lunette à son œil gauche. Mille tonnerres !

Et il frotta le verre de l'instrument comme pour s'assurer qu'il voyait bien et clairement, et que nulle illusion d'optique ne le trompait. Il ne se trompait pas !

(Ici un crescendo de tout ce que vous pourrez choisir de plus vigoureusement imprécatif dans le glossaire d'un pirate.)

À peine ce torrent de malédictions et de jurements était-il débordé, que Kernok s'arma d'un anspect. Un anspect est un morceau de bois long de cinq à six pieds, et de quatre pouces carrés. Ce jouet de chêne sert à manœuvrer l'artillerie du bord. Kernok changea provisoirement cette destination ; car il employa le sien à réveiller son équipage. Or, les coups d'anspect, glorieusement accompagnés de jurons à faire foudroyer le brick, plurent dru comme grêle, tantôt sur le pont, tantôt sur les matelots endormis. Aussi, quand la ronde du capitaine fut terminée, tous ses hommes étaient à peu près debout, se frottant les yeux, la tête ou le dos, et demandaient, en faisant d'effroyables bâillements :

– Qu'est-ce qu'il y a donc ?

– Ce qu'il y a ! cria Kernok d'une voix de tonnerre, ce qu'il y a, chiens que vous êtes ! un navire de guerre, une corvette anglaise faisant force de voiles pour nous atteindre.., une corvette qui a sur *L'Épervier* l'avantage de la brise, car le vent fraîchit là-bas, et il ne nous arrivera qu'avec cet Anglais, que la foudre écrase !

Et tous les yeux se tournaient vers le point que Kernok désignait du bout de sa longue-vue.

– Huit, dix, quinze sabords ! s'écria-t-il, une corvette de trente canons ; c'est gentil, et de l'escadre bleue, encore.

Il appela Zéli.

– Écoute, Zéli, il ne s'agit pas ici de lanterner ; fais border les avirons, mettre tout en ordre le plus vite possible ; virons de bord et gagnons le large : *L'Épervier* n'a pas le bec et les ongles assez durs pour s'amuser à une telle proie.

Puis il emboucha son porte-voix :

– Chacun à son poste pour larguer les huniers et les perroquets ! Range à larguer les cacatois et les contre-cacatois, à gréer les bonnettes hautes et basses ; et vous, mes garçons, courbez-vous sur vos avirons ; si nous pouvons prendre de l'air, *L'Épervier* n'aura rien à craindre. Vous savez, mordieu ! que nous avons dix millions à bord. Ainsi, choisissez, ou d'être pendus aux vergues de l'Anglais, ou de retourner à Saint-Pol, vos ceintures pleines, boire le grog et faire danser les filles !

L'équipage de Kernok le comprit parfaitement ; l'alternative était inévitable ; aussi, grâce aux voiles dont il était chargé et à ses vigoureux rameurs, *L'Épervier* commença à filer trois nœuds.

Mais Kernok ne s'abusait pas sur la marche de son brick ; il voyait bien que la corvette anglaise avait sur lui un avantage réel, puisqu'elle venait avec le vent. Aussi, en prudent capitaine, le pirate fit faire branle-bas de combat, ouvrir la soute aux poudres, garnir les parcs à boulets, apporter sur le pont les piques, les haches d'abordage, veillant à tout avec une activité incroyable et semblant se multiplier.

La corvette anglaise avançait toujours...

Kernok fit appeler Mélie, et lui dit :

– Chère amie, le four chauffera probablement ; tout à l'heure tu vas descendre dans la cale, t'y blottir, et ne pas plus bouger qu'un canon sur son affût... Ah ! à propos, si tu sens le brick tourbillonner et descendre, c'est que nous coulerons à fond. Tu comprends bien... nous coulerons, et attends toi à voir plutôt cela qu'un marsouin fumer une pipe. Allons, pas de larmes, embrasse-moi vite, et que je ne te revoie plus qu'après la danse, si je n'y laisse pas ma peau.

Mélie devint tellement pâle, que vous l'eussiez prise pour une statue d'albâtre. « Kernok... laissez-moi près de vous », murmura-t-elle, et elle jeta ses deux bras autour du cou du pirate, qui tressaillit un instant et puis la repoussa.

– Va-t'en ! lui cria-t-il, Va-t'en !

– Kernok... que je veille sur tes jours ! dit-elle en s'attachant à ses pieds.

– Zéli, délivre-moi de cette folle et descends-la à fond de cale, reprit le pirate.

Et comme on allait se saisir de Mélie, elle se dégagea violemment, et s'approcha de Kernok le teint animé, l'œil étincelant :

– Au moins, lui dit-elle, prends ce talisman, porte-le, il protégera tes jours pendant le combat : son effet est certain ; c'est ma vieille grand-mère qui me l'a donné. Ce charme magique est plus fort que la destinée... Crois-moi, porte-le.

Et elle tendait à Kernok un petit sachet rouge suspendu à un cordon noir.

– Arrière cette folle ! dit Kernok en haussant les épaules ; ne m'as-tu pas entendu, Zéli ? à la cale.

– Si tu meurs, que ce soit donc par ta volonté ; mais au moins je partagerai ton sort. Rien, plus rien maintenant ne protège mes jours ; je redeviens femme comme tu es homme ! s'écria Mélie, qui jeta le sachet dans les flots.

– Bonne fille ! dit Kernok en la suivant des yeux pendant que deux matelots la descendaient dans le faux-pont, au moyen d'une chaise fixée à une longue corde.

Et la corvette anglaise approchait, approchait toujours...

Zéli s'avança près de Kernok.

– Capitaine, l'Anglais nous gagne.

– Je le vois sacrebleu bien, vieux sot ! nos avirons ne font rien, ils fatiguent inutilement nos hommes ; fais-les déborder, charger les caronades à deux boulets, placer les grappins d'abordage, mettre les pierriers dans les hunes ; car nous allons en découdre, et il n'y a pas à tergiverser. Fais aussi amener les perroquets et haler bas les bonnettes ; si la brise fraîchit, nous nous battrons sous nos huniers ; c'est la meilleure allure de *L'Épervier*.

Quand la manœuvre fut exécutée, Kernok harangua son équipage ainsi qu'il suit :

– Enfants, voici une corvette qui a les reins solides ; elle serre de si près *L'Épervier*, que nous ne pouvons espérer de gagner au vent ; d'ailleurs il n'en fait pas. Si nous sommes pris, nous serons pendus ; si nous nous rendons, ce sera tout de même ; combattons donc en braves matelots, et peut-être qu'en faisant feu, comme dit le proverbe, des quatre pattes et de la queue nous nous en retirerons avec nos culottes. Mordieu ! mes garçons, *L'Épervier* a bien coulé un grand trois-mâts sarde sur les côtes de Sicile, après deux heures de combat ; pourquoi craindrait-il cette corvette à pavillon bleu ? Songez aussi que nous avons dix millions à conserver. Cordieu ! enfants, dix millions ou la corde !

L'effet de cette péroraison fut péremptoire, et tout d'une voix l'équipage cria :

– Hourra ! Mort aux Anglais !

La corvette se trouvait alors si proche, que l'on distinguait parfaitement ses amures et son gréement.

Tout à coup une légère fumée s'éleva à son bord, un éclair brilla, un bruit sourd retentit, et un boulet siffla en passant près du beaupré de *L'Épervier*.

– La corvette commence à parler, dit Kernok, c'est notre pavillon qu'elle veut voir, la curieuse !

– Que faut-il hisser ? demanda maître Zéli.

– Ceci, dit Kernok, car il faut être galant.

Et il poussa du pied une vieille souquenille de matelot, toute tachée de goudron et de vin.

– C'est drôle ! dit le maître, et le haillon se guinda majestueusement en haut de la drisse.

On croit que la plaisanterie parut faible à bord de la corvette ; car deux coups de canon en partirent presque au même instant, et les boulets hachèrent en quelques endroits le gréement de *L'Épervier*.

– Oh ! oh ! nous nous fâchons, la belle ; tu fais la bégueule, dit Kernok. À moi, Mélie ! et il s'allongea sur la couleuvrine qu'il avait baptisée de ce nom, visa, pointa : À toi, l'Anglaise ! Et il fit jouer la batterie.

– Bravo ! s'écria-t-il, quand la fumée de l'amorce fut dissipée et qu'il put voir l'effet de son coup, bravo ! Vois donc, Zéli, déjà son perroquet de fouque en pantène : ça promet, ça promet, garçons ; mais c'est quand *L'Épervier* va lui chatouiller les flancs avec ses griffes d'abordage que l'Anglaise va rire.

– Hourra ! hourra ! cria l'équipage.

La corvette ne riposta pas au boulet de Kernok, répara son avarie au plus vite, et laissa porter en plein sur le corsaire.

Alors elle en était tellement près qu'on entendait la voix et le commandement des officiers anglais.

– Enfants, à vos pièces, dit Kernok en se précipitant sur son banc de quart le porte-voix à la main ; à vos pièces, et, sacredieu ! ne faites pas feu avant le commandement.

CHAPITRE XI
Combat

– Maître Durand ! des boulets !! Maître Durand, il vient de se déclarer une voie d'eau dans la fosse aux lions. Maître Durand, ma tête, mon bras, tenez, voyez comme ça saigne !

Et le nom de maître Durand, le canonnier-chirurgien-charpentier du bord, retentissait depuis le pont jusqu'à la cale, dominant le bruit et le tumulte inséparables d'un combat aussi acharné que celui qui se livrait entre le brick et la corvette ; et, de fait, à chaque volée qu'il envoyait, *L'Épervier* tremblait et craquait dans sa membrure comme s'il eût été sur le point de s'entrouvrir.

– Maître Durand, des boulets ! La voie d'eau ! Ma jambe ! répétaient des voix confuses et pressées.

– Mais, sacredieu ! un instant ; je ne puis pas tout faire : des boulets à envoyer en haut, une avarie à réparer en bas, vos blessures à regarder... Il faut commencer par le plus pressé, et puis on s'occupera de vous, tas de braillards ; car à quoi êtes-vous bons maintenant ? vous êtes aussi inutiles qu'une vergue sans voiles et sans ralingues.

– Maître ! des boulets ! vite des boulets !

– Des boulets ! vrai Dieu, quels coups ! si on joue cet air-là encore pendant un quart d'heure, nous serons à sec de gargousses. Tenez, enfants, et ménagez-les. Ce sont les dernières.

Alors M. Durand quitta le sac du canonnier pour prendre le maillet du calfat, et se précipita dans la fosse aux lions afin d'arrêter la voie d'eau.

– Sacrebleu ! je souffre bien, dit maître Zéli.

Il était étendu par terre dans le faux pont, à peine éclairé par un fanal soigneusement fermé ; sa cuisse droite ne pendait plus qu'à un seul lambeau, la gauche avait été entièrement emportée.

Autour de lui gémissaient d'autres blessés, jetés pêle-mêle sur le plancher en attendant que M. Durand pût quitter le maillet pour le couteau.

– Sacrebleu ! j'ai soif, continua maître Zéli ; je me sens faible. C'est à peine si j'entends nos canons parler ; est-ce qu'ils sont enrhumés ?

Au contraire, les bordées étaient plus nourries et plus éclatantes que jamais : c'est que l'audition de maître Zéli était déjà affaiblie par les approches de la mort.

– Oh ! j'ai soif, dit-il encore, et froid, moi qui avais si chaud tout à l'heure ! Puis, s'adressant à un confrère :

– Fais donc attention, toi, le Polonais, qu'est-ce que tu as à te roidir comme ça ? Oh ! cré coquin ! est-il laid ! Tiens, voilà ses yeux blancs.

C'en était un qui expirait dans les dernières convulsions de l'agonie.

– Durand, viens donc, cordieu ! cria de nouveau Zéli, viens voir ma jambe, mon vieux.

– Je suis à toi dans l'instant ; un coup de maillet encore, et l'avarie que nous avions à la flottaison ne paraîtra pas plus que la trace d'un aviron sur la surface de l'eau. Allons, à ton tour ; nous nous sommes donc cognés ?

– Oui, un peu, répondit Zéli.

M. Durand décrocha le fanal et l'approcha de maître Zéli, qui grimaça une espèce de sourire, tout fier de la surprise de M. Durand.

– Tiens, dit le chirurgien-charpentier-canonnier, où est donc ton autre jambe, farceur ?

– Là-haut, sur le gaillard d'avant, encore peut-être… Allons, débarrasse-moi de celle-ci, car elle me gêne. On dirait qu'on m'a attaché un boulet de trente-six au pied. Oh ! j'ai soif, toujours soif !

Tout en examinant la jambe de maître Zéli, M. Durand secoua trois ou quatre fois la tête et sifflota, fort bas, il est vrai, l'air du Bouton de rose, puis finit par dire :

– Tu es f...u, mon vieux.

– Ah ! mais là, vrai, bien ?…

– Oh ! bien.

– Alors, si tu es un brave garçon, prends mon pistolet et casse-moi la tête.

– J'allais te le proposer.

– Merci.

– Tu n'as pas de commission avant ?

– Non. Ah ! si : tiens, voilà ma montre ; tu la donneras à Grain-de-Sel.

– Bien. Allons....

– Ah ! j'oubliais ; si le capitaine ne crève pas là-haut comme un mousquet, dis-lui de ma part qu'il a commandé comme un brave.

– Bien. Voyons...

– Ainsi, tu crois que je suis ce qui s'appelle...

– Oui, foi d'homme, et tu penses bien que je ne voudrais pas faire une farce à un ami.

– C'est vrai. Malgré ça, c'est vexant tout de même... Brrr. Quel froid ! Je ne puis presque plus parler... Il me semble que ma langue est aussi lourde qu'un morceau de plomb. Tiens, ça tourne... Adieu, vieux. Encore une poignée de main... Allons, y es-tu ?

– Oui.

– Ah ça ! ne me manque pas ! Feu ! me v'là guéri…

Il tomba.

– Pauvre b..., dit M. Durand.

Ce fut l'oraison funèbre de maître Zéli.

M. Durand aurait peut-être désiré terminer toutes ses opérations aussi cavalièrement ; mais ses autres clients, effrayés de la violence du topique, qui avait pourtant si bien réussi à maître Zéli, préférèrent des emplâtres d'étoupe et de graisse, que l'honnête docteur appliquait indistinctement à tout et pour tout, avec un supplément de consolations pour les mourants. C'était tantôt : « Bah ! après nous, la fin du monde. » Ou bien encore : « La prochaine campagne devait être rude, l'hiver froid, le vin mauvais », et une foule d'autres gracieusetés destinées à adoucir les derniers moments de ces pauvres pirates, qui avaient le souci de quitter une honorable existence sans trop savoir où ils allaient.

M. Durand fut interrompu brusquement au milieu de ses soins spirituels et temporels par Grain-de-Sel, qui tomba comme une bombe au milieu de sept agonisants et de onze morts.

– Viens-tu gâter ma besogne, chien ? dit le docteur.

Et le mousse reçut avec cette admonition un soufflet à assommer un rhinocéros.

– Non, maître Durand ; au contraire, on demande des gargousses là-haut, car on vient d'envoyer la dernière volée ; c'est la corvette anglaise qui tient bon, tout de même ; elle est rase comme un ponton, et elle fait un feu qu'on ne s'y voit pas... Ah ! Et puis j'ai un doigt emporté par un biscaïen. Tenez, maître Durand...

– Veux-tu pas que je perde mon temps à regarder ton égratignure, gredin, chien !

– Merci, monsieur Durand ; le fait est qu'il vaut mieux ça qu'un bras de moins, dit Grain-de-Sel en tortillant à la hâte son tronçon de doigt dans de l'étoupe. Mais tenez, ajouta-t-il, voilà une pratique qui vous arrive, maître.

C'était un blessé qu'on descendait dans le faux pont ; comme il était mal attaché, il tomba et s'acheva sur le panneau.

– Encore un de guéri, dit maître Durand, qui était absorbé, pensant à remédier au manque de boulets.

– Des gargousses !... en haut des gargousses ! crièrent plusieurs voix avec un accent de terreur.

– Sacrebleu ! quand on devrait charger les caronades avec des mousses, on fera feu sur l'Anglais ! s'écria maître Durand en montant rapidement sur le pont.

Grain-de-Sel le suivait, ne sachant pas si l'intention que le maître avait manifestée, de l'employer comme projectile, était une plaisanterie ou non. Mais, fidèle à son système de consolation, il se dit : « J'aimerais encore mieux ça que d'être pendu par les Anglais. »

Silence ! tout est fait, tout retombe à l'abîme :
L'écume des hauts mâts a recouvert la cime.

Victor Hugo, Navarin

– Eh bien ! des boulets, ou nous sommes coulés comme des chiens ! cria Kernok à maître Durand aussitôt que celui-ci parut sur le pont.

– Pas un, dit le docteur en grinçant des dents.

– Que mille millions de tonnerres enlèvent le brick ! et rien, rien pour recevoir l'Anglais qui va nous aborder ! Tiens, sacrebleu ! Regarde…

Et ce disant, Kernok poussa Durand contre le bastingage, qui tombait en morceaux. En effet, quoique la corvette fût horriblement avariée, elle venait vent arrière sur le brick sous un lambeau de sa misaine, tandis que *L'Épervier*, qui avait perdu toutes ses voiles et ne gouvernait plus qu'au moyen de son foc et de sa brigantine, ne pouvait éviter l'abordage que l'Anglais voulait tenter, étant bien supérieur en nombre.

– Pas un boulet ! pas un boulet ! Saint Nicolas ! sainte Barbe, et tous les saints du calendrier, si vous ne venez pas à mon aide, cria Kernok dans un état d'effroyable exaspération, je jure d'aller chamberner et bouleverser vos niches, comme je brise ce compas ! Et que le tonnerre m'écrase s'il reste pierre sur pierre d'une seule de vos chapelles sur toute la côte de Pempoul !!!

Et le pirate, écumant de colère, avait mis en pièces une des boussoles qui se trouvaient près de lui.

Il paraîtrait que tous les saints que Kernok implorait si brutalement voulurent se conduire en gens canonisés. Des hommes auraient puni le téméraire, des demi-dieux vinrent à son secours, montrant par là combien leur essence éthérée était supérieure à nos intelligences étroites et rancunières.

Aussi, à peine Kernok eut-il terminé sa singulière et effrayante invocation, que, frappé d'une idée subite, d'une idée d'en haut peut-être, il s'écria en rugissant de joie :

– Les piastres !... cordieu, mes garçons, les piastres !... chargeons-en nos pièces jusqu'à la gueule ; cette mitraille-là vaut bien l'autre. L'Anglaise veut de la monnaie, elle en aura, et de la toute chaude, qui, en sortant de nos canons, ressemblera plutôt à des lingots de bronze qu'à de bonnes gourdes d'Espagne. Les piastres sur le pont ! .., les piastres !

Cette idée électrisa l'équipage. Maître Durand se précipita dans la soute, et l'on roula sur le pont trois barils d'argent, cent cinquante mille livres environ.

– Hourra ! Mort aux Anglais ! crièrent les dix-neuf pirates qui restaient en état de combattre, noirs de poudre et de fumée, et nus jusqu'à la ceinture pour manœuvrer plus à l'aise.

Et une sorte de joie féroce et délirante les exalta.

– Les chiens d'Anglais ne chanteront pas que nous sommes avares, dit l'un ; car cette mitraille-là va bien payer le chirurgien qui les pansera.

– On voit que nous nous battons avec une dame. Sacredieu ! quelle galanterie ! des boulets d'argent !... On soigne la corvette, dit un autre.

– Je ne demanderais qu'une gargousse comme ça de haute paye, pour m'amuser à Saint-Pol », reprit un troisième.

Et de fait, on jetait l'argent à poignée dans les caronades, on les en gorgeait. Cinquante mille écus y passèrent.

À peine toutes les pièces étaient-elles chargées que la corvette se trouvait près du brick, manœuvrant de manière à engager son beaupré dans les haubans de *L'Épervier* ; mais Kernok, par un mouvement habile, passa au vent de l'Anglais, et une fois là, se laissa dériver sur lui.

À deux portées de pistolet, la corvette lâcha sa dernière bordée ; car elle aussi avait épuisé ses munitions ; elle aussi s'était battue bravement et avait fait des prodiges de courage, depuis deux heures que durait ce combat acharné. Malheureusement la houle empêcha les Anglais de pointer juste, et toute leur volée passa au-dessus du corsaire, sans lui faire aucun mal.

Un matelot du brick fit feu avant l'ordre.

– Chien d'étourdi ! s'écria Kernok ; et le pirate roulait à ses pieds, abattu d'un coup de hache.

– Et surtout, s'écria-t-il, ne faites feu que lorsque nous serons bord à bord ; qu'au moment où les Anglais iront pour sauter sur notre pont, nos canons leur crachent au visage, et vous verrez que cela les vexera, soyez-en sûrs !

À cet instant même, les deux navires s'abordèrent. Ce qui restait de l'équipage anglais était dans les haubans et sur les bastingages, la hache au poing, le poignard aux dents, prêts à s'élancer d'un bond sur le pont du brick.

Un grand silence à bord de *L'Épervier*...

– *Away ! goddam, away !* lascars, cria le capitaine anglais, beau jeune homme de vingt-cinq ans, qui, ayant eu les deux jambes emportées, s'était fait mettre dans un baril de son pour arrêter l'hémorragie et pouvoir commander jusqu'au dernier moment.

– *Away ! goddam !* répéta-t-il.

– Feu, maintenant, feu sur l'Anglais ! hurla Kernok.

Alors tous les Anglais s'élancèrent sur le brick.

Les douze caronades de tribord leur vomirent à la face une grêle de piastres, avec un fracas épouvantable.

– Hourra !... cria l'équipage tout d'une voix.

Quand l'épaisse fumée se fut dissipée, et qu'on put juger de l'effet de cette bordée, on ne vit plus aucun Anglais, aucun... Tous étaient tombés à la mer ou sur le pont de la corvette, tous étaient morts ou affreusement mutilés. Aux cris du combat avait succédé un silence morne et imposant ; et ces dix-huit hommes qui survivaient seuls, isolés au milieu de l'Océan, entourés de cadavres, ne se regardaient pas sans un certain effroi !

Kernok lui-même fixait les yeux avec stupeur sur le tronc informe du capitaine anglais ; car la mitraille d'argent lui avait encore emporté un bras. Ses beaux cheveux blonds étaient souillés de sang ; pourtant le sourire lui restait sur les lèvres... C'est qu'il était mort sans doute en pensant à elle, à elle, qui, baignée de larmes, allait revêtir de longs habits de deuil, en apprenant sa fin glorieuse. Heureux jeune homme ! Il avait peut-être aussi sa vieille mère pour le pleurer, lui qu'elle avait bercé tout petit enfant. C'était peut-être un avenir brillant qui avortait, un nom illustre qui s'éteignait en lui. Quels regrets il devait laisser ! Combien on devait le plaindre ! Heureux ! trois fois heureux jeune homme ! que ne devait-il pas à la couleuvrine de Kernok ! d'un boulet elle en avait fait un héros pleuré dans les trois royaumes. Quelle belle invention que la poudre à canon !

Tel devait être à peu près le résumé des réflexions de Kernok ; car il resta calme et riant à la vue de cet horrible spectacle.

Ses matelots, au contraire, s'étaient longtemps regardés avec une espèce d'étonnement stupide. Mais, ce premier mouvement passé, le naturel insouciant et brutal reprenant le dessus, tous, d'un mouvement spontané, crièrent :

– Hourra ! Vive *L'Épervier* et le capitaine Kernok !

– Hourra ! mes garçons ! reprit celui-ci. Eh bien ! vous le voyez, *L'Épervier* a le bec dur ; mais il faut maintenant songer à réparer nos avaries. Suivant mon estime, nous devons être du côté des Açores. La brise fraîchit ; allons, enfants, nettoyons le pont. Et quant aux blessés... quant aux blessés, répéta-t-il d'un air pensif, en frappant machinalement le bastingage avec sa hache d'armes, tu les feras porter à bord de la corvette, maître Durand, dit-il brusquement.

– Pour ?... demanda celui-ci d'un air interrogatif.

– Tu le sauras, répondit Kernok d'un air sombre, en fronçant ses épais sourcils.

Maître Durand fut remplir les ordres du capitaine en murmurant :

– Que veut-il en faire ? C'est louche...

– Mousse, ici ! cria Kernok à Grain-de-Sel, qui essuyait d'un air triste la montre que maître Zéli lui avait léguée ; car elle était toute couverte de sang.

Le mousse leva la tête ; des larmes roulaient dans ses yeux. Il s'avança près du terrible capitaine sans penser à trembler. Une idée fixe le dominait, c'était le souvenir de la mort de maître Zéli, auquel il était vraiment bien attaché.

– Tu vas descendre à fond de cale, et dire à ma femme qu'elle peut venir m'embrasser ; entends-tu ? dit Kernok.

– Oui, capitaine, répondit Grain-de-Sel ; et une grosse larme tomba sur la montre.

Il disparut aussitôt par le grand panneau pour chercher Mélie.

Kernok monta avec agilité dans les hunes, examina le gréement avec la plus scrupuleuse attention : les avaries étaient nombreuses, mais pas inquiétantes, et avec le secours de mâts et de vergues de rechange, il vit bien qu'il pourrait continuer sa route et regagner le port le plus voisin.

Grain-de-Sel remonta sur le pont, mais seul.

– Eh bien ! dit Kernok ! où est donc ma femme, butor ?

– Capitaine... c'est que...

– C'est que quoi ? parleras-tu, chien ?

– Capitaine... elle est dans la cale...

– Je le sais bien. Pourquoi ne monte-t-elle pas, gredin ?

– Ah dame ! capitaine... c'est qu'elle est morte...

– Morte !... morte ! dit Kernok en pâlissant ; et, pour la première fois, sa figure exprima la douleur et l'angoisse.

– Oui, capitaine, morte derrière une caisse à eau, tuée par un boulet qui est entré au-dessous de la flottaison ; et ce qu'il y a de drôle, c'est que le corps de madame votre femme a bouché juste le trou que le boulet avait fait ; sans cela l'eau entrait, et le brick était coulé. Madame votre femme a sauvé *L'Épervier*, tout de même, et il vaut bien mieux ça pour elle que…

Grain-de-Sel, qui avait baissé les yeux au commencement de sa narration, ne pouvant soutenir le regard étincelant de Kernok, se hasarda à lever la tête.

Kernok n'était plus là ; il s'était précipité dans la cale, et il regardait, les yeux secs, les bras croisés, les poings convulsivement serrés ; car, suivant le rapport du mousse, la tête et une partie de l'épaule de Mélie, broyées dans le trou du boulet, avaient empêché le projectile d'aller plus loin.

Pauvre Mélie ! sa mort même avait été utile à son Kernok.

Le pirate resta seul environ deux heures, enfermé dans la cale près des restes de Mélie. Là, il usa sa douleur, car lorsqu'il remonta sur le pont, sa figure était impassible et froide. Seulement, un peu avant son retour, un cri douloureux s'était fait entendre, et une masse informe avait disparu au milieu des eaux. C'était le cadavre de Mélie.

Pendant ce temps, maître Durand avait fait porter les blessés sur la corvette anglaise.

– Mais pourquoi ne nous laisse-t-on pas à bord du brick ? demandaient-ils avec instance au bon docteur.

– Mes enfants, je n'en sais rien ; c'est peut-être parce que l'air est meilleur ici, et dans les blessures graves il faut changer d'air, c'est connu.

– Mais, maître Durand, voilà qu'on emporte pour le brick toutes les vergues et les mâts de rechange de la corvette. Comment allons-nous donc naviguer ?

– Peut-être par la vapeur, répondit M. Durand, qui ne pouvait résister au plaisir de faire une plaisanterie.

- Tiens... vous vous en allez, maître Durand, et vous aussi, camarades. Eh bien, et nous ! et nous !... Maître Durand !... maître Durand !

Ainsi disaient les blessés, assez forts pour crier, mais non pour marcher, en voyant le chirurgien-canonnier-charpentier descendre dans son canot et regagner le brick avec son équipage.

- Oui, le plus souvent que c'est pour nous faire changer d'air qu'on nous envoie ici, dit un Parisien qui avait un bras de moins et un biscaïen dans la colonne vertébrale.

- Eh bien ! pourquoi nous y envoie-t-on, Parisien ? demandèrent plusieurs voix avec inquiétude.

- Pourquoi ?... dans le but de nous faire crever, pendant qu'ils profiteront de nos parts de prise. Comme c'est malin ! Seulement, s'ils avaient eu pour deux liards de cœur, ils auraient fait une trouée dans la cale pour nous couler... au lieu de laisser ici de bons enfants s'entre-dévorer comme des requins. Ça sera dans le genre du *Colin* que j'ai vu au Mont-Thabor chez M. Franconi – ici sa voix commence à s'affaiblir – car je viens de leur entendre dire qu'il ne restait pas de vivres à bord de la corvette, et que c'est en partie pour s'en procurer qu'elle nous avait donné la chasse. C'est vexant tout de même de mourir quand on est riche ; car, avec ma part de prise, je m'en serais joliment donné à Paris... Dieu ! la Chaumière, le Vauxhall, l'Ambigu... et les demoiselles !!! Ah ! oui, c'est vexant ; car maintenant le temps de nouer une garcette, et je serai cuit... je ne sens déjà plus mes jambes, et puis on dirait que mon cœur se retourne... Adieu, les autres. C'est pour vous que ça va être sciant... car vous n'êtes pas tendres, mes agneaux... Vous serez joliment coriaces, et pour vous avaler il faudra une fameuse sauce... Sa langue devint alors tellement embarrassée, qu'il fut impossible d'entendre un mot. Cinq minutes après il était mort. Le Parisien avait deviné juste : il est impossible de rendre les imprécations et les malédictions dont Kernok et le reste de l'équipage furent accablés. Un blessé anglais, qui comprenait le français, fit part à ses compatriotes de la destinée qui les attendait. La rumeur augmenta. Chacun jurait et blasphémait dans sa langue. C'était un bruit ! un bruit ! à réveiller un chanoine. Mais tous ces malheureux étaient trop grièvement blessés pour pouvoir se lever ; et, d'ailleurs, pas d'embarcations...

Il y en eut plusieurs qui se roulèrent près de la coupée des bastingages, et se laissèrent tomber à la mer, prévoyant toute l'horreur du sort qui était réservé à leurs compagnons.

– C'est fait ! dit maître Durand à Kernok, dès qu'il fut de retour.

– Nous sommes parés, répondit Kernok ; la brise fraîchit du sud. Avec cette misaine pour grand-voile, et les perroquets au lieu de huniers, nous pouvons faire route. Oriente grand largue et mets le cap au nord-nord-est.

– Ainsi, dit maître Durand en montrant la corvette qui se balançait désemparée, ces pauvres diables, nous les laissons là ?

– Oui..., répondit Kernok.

– C'est tout de même un procédé peu délicat.

– Ah ! vrai... Sais-tu ce qui nous reste de vivres à bord, grâce à la fête que je vous ai donnée, sauvages ?

– Non.

– Eh bien ! il nous reste un baril de biscuits, trois tonnes d'eau et une caisse de rhum ; car vous avez gaspillé en un jour les vivres de trois mois.

– C'est autant de notre faute que de la leur.

– Je m'en... moque ; nous avons encore peut-être huit cents lieues à faire et dix-huit matelots à nourrir ; or, ceux-là doivent passer avant tout, car ils sont en état de manœuvrer.

– Ceux que vous laissez sur la corvette vont crever comme des chiens, ou se manger les uns les autres ; car demain, après-demain... ils auront faim.

– Je m'en... moque, qu'ils crèvent ! Il vaut mieux que ce soient ceux qui sont à moitié morts que nous autres, qui avons encore du câble à filer.

Les matelots du brick entendaient cette conversation ; ils commencèrent à murmurer :

– Nous ne voulons pas abandonner nos camarades, dirent-ils.

Kernok promena sur eux son coup d'œil d'aigle, mit sa hache d'armes sous son bras, croisa ses mains derrière son dos, et dit d'une voix impérieuse :

– Hein ? vous ne... voulez pas ?...

On fit silence, profond silence.

– Je vous trouve encore de singuliers animaux ! s'écria-t-il. Sachez donc, canailles, que nous sommes à huit cents lieues de toute terre ; qu'il faut compter sur au moins quinze jours de traversée, et que si nous gardons les blessés à bord, ils soifferont toute notre eau, et ne nous serviront pas plus qu'un aviron à un trois-ponts.

– C'est vrai, interrompit le canonnier-chirurgien-charpentier, rien ne boit comme un blessé ; c'est comme l'ivrogne, c'est desséchant.

– Et quand nous serons sans eau et sans biscuits, est-ce saint Kernok qui vous en enverra ? Nous serons obligés de manger notre chair et de boire notre sang, comme ils vont faire, du reste ; belle chienne de nourriture. Ça vous tente, n'est-ce pas, tas de lascars que vous êtes ; au lieu qu'en tâchant de rallier Bayonne ou Bordeaux, nous pouvons revoir la France et y vivre en bons bourgeois avec notre part de prise, qui ne sera pas mince, puisqu'elle sera augmentée de la leur..., ajouta Kernok en désignant les blessés de la corvette.

Cet argument calma victorieusement les derniers scrupules des récalcitrants.

– Enfin, dit Kernok, ce sera comme ça, parce que je le veux ; est-ce clair, hein ? Et le premier qui ouvre la bouche, je la lui fermerai, moi, avec la coquille de mon poignard. Allons, cordieu ! courons grand largue une bordée au nord.

Les dix-huit hommes qui composaient alors l'équipage obéirent en silence, jetèrent un dernier regard sur leurs compagnons, leurs frères, qui poussaient des cris affreux en voyant le brick s'éloigner. Puis, comme la brise fraîchit beaucoup, *L'Épervier* fut bientôt loin du lieu du combat. Mais le lendemain une horrible tempête s'éleva, d'énormes montagnes d'eau semblaient à chaque minute devoir submerger le brick, qui, ayant mis à la cape, fuyait devant le temps sous sa pouillouse.

Enfin, après une traversée pénible, *L'Épervier* atteignit Nantes, y relâcha pour réparer ses avaries, et, suivant les vœux de Kernok, reprit la mer pour venir mouiller encore une fois dans la baie de Pempoul.

Là, une commission d'enquête fut formée pour vérifier la légalité de la prise. Alors Kernok jura tous ses jurons qu'il irait désormais débarquer à Saint-Thomas, puisque ces cormorans d'administrateurs venaient pêcher dans ses eaux ! Ce furent ses propres expressions.

CHAPITRE XIII
Les deux amis

Une âme si rare et exemplaire ne couste-t-elle
non plus à tuer qu'une âme populaire et inutile ?

Montaigne, liv. II, chap. XIII.

C'est une bonne auberge que l'auberge de *L'Ancre d'or*, à Plonezoch. Près de la porte s'élèvent deux beaux chênes verts et touffus, qui ombragent des tables de noyer toujours engageantes, tant elles sont soigneusement cirées ; et comme *L'Ancre d'or* est placée sur la grande place, il n'y a pas de coup d'œil plus animé, surtout à l'heure du marché, par une belle matinée de juillet.

Aussi deux honnêtes compagnons, deux appréciateurs de cette heureuse localité avaient pris racine devant une de ces tables si luisantes et si polies ; ils causaient de choses et d'autres, et la conversation devait durer depuis longtemps, car un bon nombre de bouteilles vides formaient un imposant et diaphane rempart autour des interlocuteurs.

L'un, pouvant bien avoir soixante ans, fort laid, fort bon, fort trapu, avait de larges et longs favoris tout blancs, qui tranchaient d'une manière bizarre avec son teint basané. Il était vêtu d'un vaste habit bleu grotesquement taillé, d'un large pantalon de toile et d'un gilet d'écarlate aux boutons à ancres, trop court au moins de six pouces ; enfin un immense col de chemise roide et empesé se dressait menaçant bien au-dessus des oreilles de ce personnage. En outre, de larges boucles d'argent brillaient à ses souliers, et un chapeau verni, impertinemment posé sur le côté de sa tête, achevait de lui donner un air crâne et coquet qui contrastait singulièrement avec son âge avancé. Au reste, il était évidemment en toilette et paraissait gêné dans ses atours.

Son ami, d'une mise moins recherchée, paraissait beaucoup plus jeune. Une veste et un pantalon de drap composaient toute sa parure, et une cravate noire, nouée négligemment, permettait de voir son cou nerveux qui supportait une figure hâlée, mais riante et ouverte.

– Vienne la Saint-Saturnin, dit-il en frappant légèrement le fourneau de sa pipe sur la table pour en faire sortir toute la cendre, vienne la Saint Saturnin, et il y aura vingt ans que *L'Épervier* – ici il ôta sa toque de laine à carreaux rouges et bleus –, que notre pauvre brick aura mouillé pour la dernière fois dans la baie de Pempoul, sous le commandement de feu M. Kernok. Et il soupira en secouant la tête.

– Comme le temps passe ! reprit l'homme au grand col de chemise en avalant un énorme verre d'eau-de-vie ; il me semble que c'est hier, n'est-ce pas, Grain-de-Sel ? Et je t'appelle toujours Grain-de-Sel entre nous, parce que tu me l'as permis, mon garçon. Hé ! hé ! cela me rappelle notre bon temps.

Et le vieillard se prit à rire doucement.

– Sacredieu ! ne vous gênez pas, monsieur Durand ; vous êtes un ancien, vous, un ami de ce pauvre M. Kernok. Et il leva encore les yeux au ciel en soupirant.

– Que veux-tu, mon garçon, quand vient l'heure de déraper, dit M. Durand en humant, avec un long sifflement, une goutte de vin qui restait au fond de son verre, vide depuis longtemps, quand la camarde nous tient à pic, il faut bien que le câble cède. C'est ce que je disais toujours à mes malades, à mes calfats, ou à mes canonniers, car tu sais...

– Oui, oui, je sais, maître Durand, répondit aussitôt Grain-de-Sel, qui tremblait d'entendre l'ex-canonnier-chirurgien-charpentier de *L'Épervier* recommencer le récit de ses triples exploits ; mais c'est plus fort que moi, ça me fend le cœur quand je pense qu'il y a encore un an ce pauvre M. Kernok était là-bas dans sa ferme de Treheurel, et que nous fumions tous les soirs une vieille pipe avec lui.

– C'est vrai, Grain-de-Sel. Dieu de Dieu ! quel homme ! Était-il aimé dans ce canton ! Un malheureux matelot lui demandait-il quelque chose, il l'obtenait à l'instant. Enfin, depuis vingt ans qu'il s'était retiré des affaires pour vivre en bourgeois, il n'y avait qu'une voix sur sa bienfaisance. Et puis quelle respectable figure lui donnaient ses grands cheveux blancs et son habit marron ! avait-il l'air bonhomme quand il portait sur son dos les petits enfants du vieux Cerisoët le canonnier, ou qu'il leur faisait des bateaux de sureau ! Seulement, moi, je lui faisais toujours un reproche à ce pauvre Kernok, c'était de donner dans la calotte.

– Ah ! parce qu'il était marguillier ! Bah ! c'était pour tuer le temps. Mais avouez tout de même qu'il représentait joliment dans son banc de chêne, avec ses gants blancs et son jabot, le jour de fête de la paroisse de Saint-Jean-du-Doigt.

– J'aimais mieux le voir sur son banc de quart, une hache à la main et sa corne d'amorce en sautoir, répondit l'ex-canonnier-charpentier-chirurgien en remplissant son verre.

– Et à la procession donc, maître Durand, quand il rendait le pain béni, se dandinait-il avec son cierge, qu'il voulait toujours tenir comme une épée, malgré les leçons de l'enfant de chœur. Mais ce qui désolait surtout M. le curé, c'est que le capitaine Kernok chiquait tant, qu'à la messe il crachait sur tout le monde.

– Ça le désolait, ça le désolait... c'est donc pour ça qu'il a embêté mon vieux camarade pour lui faire laisser au presbytère vingt arpents de ses meilleurs prés.

Ici Grain-de-Sel allongea beaucoup la lèvre inférieure en clignotant des yeux, regarda maître Durand de l'air le plus fin, le plus malicieux, le plus narquois qu'il lui fût possible d'improviser, en secouant la tête d'un air négatif.

– Sacrebleu ! je le sais bien, répéta maître Durand, presque offensé de la pantomime de l'ancien mousse.

– Allons, allons, soyez calme, maître Durand, reprit celui-ci ; ce n'est pas au curé qu'il a fait cette donation.

Ici une pause, ici l'étonnement de maître Durand se manifesta par l'écarquillement excessif de ses paupières et par l'absorption d'un glorieux verre de vin.

– C'est, dit Grain-de-Sel, c'est à la nièce du curé, eh !

– Ah ! le vieux farceur, le vieux farceur, murmura maître Durand en poussant un éclat de rire tout homérique ; je ne m'étonne plus s'il était marguillier et s'il rendait le pain bénit.

Et il se laissa aller avec Grain-de-Sel à des élans de gaieté si bruyants, que des chiens qui passaient en aboyèrent.

– Ce qu'il y a de vexant, reprit Grain-de-Sel, c'est que toute la fortune de M. Kernok retourne au gouvernement, et cela, parce qu'il n'a pas fait de testament.

– Fallait y penser. Et qu'est-ce qui pouvait prévoir cet accident-là ?

– Vous l'avez vu, vous, après la chose… n'est-ce pas, monsieur Durand ? car moi, j'étais allé à Saint-Pol.

– Sûr que je l'ai vu. Figure-toi, mon garçon, qu'on vient me dire : Monsieur Durand, ça sent le brûlé chez M. Kernok, mais un drôle de brûlé ! Il était, ma foi, huit heures du matin, et personne n'osait entrer dans sa chambre ; ils sont si bêtes ! J'y entre, moi, mon garçon, et... Ah ! mon Dieu ! tiens, donne-moi à boire, car ça me fait mal toutes les fois que j'y pense.

Il se remit un peu par un large trait d'eau-de-vie, et continua :

– J'y entre, et figure-toi que je manque d'être suffoqué en voyant le corps de mon pauvre vieux Kernok tout couvert d'une large flamme bleue qui courait de la tête aux pieds, tout juste comme la flamme du punch. Je m'approchai, je jetai de l'eau ; bah ! il brûlait plus fort, car il était à moitié cuit.

Grain-de-Sel pâlit.

– Ça t'étonne, mon garçon : eh bien, moi, je m'y attendais, je l'avais prédit.

– Prédit !...

– Oui. Il buvait trop d'eau-de-vie, et je lui disais toujours : Mon vieux camarade, tu finiras par une *concustion invantanée*, dit maître Durand avec importance, en appuyant sur chaque mot et en gonflant ses joues.

Il voulait dire une combustion instantanée, solution exacte et vraie de la mort de Kernok, donnée par un médecin de Quimper, fort habile homme, qu'on avait mandé un peu tard.

– Et ça ne vous fait pas trembler, monsieur Durand ? dit Grain-de-Sel, qui voyait avec peine l'ex-canonnier-chirurgien-charpentier prendre la même direction que son défunt capitaine.

– Moi, c'est bien différent, mon garçon, je coupe mon eau-de-vie avec du vin, et il la buvait pure, le vieux lascar.

– Ah !... répondit Grain-de-Sel, peu convaincu de la tempérance de M. Durand.

– Tiens, dit celui-ci, en voilà un qui mourra dans la peau d'un voleur, si on ne l'écorche pas tout vif.

Et il montrait un grand homme sec et mince, à uniforme bleu, brodé d'argent, qui traversait la place.

– Que je voudrais être à bord avec ce chien de Plik, lui les bras attachés à une échelle de hauban, le dos nu... et moi une bonne garcette à la main ! Quand je pense que pour avoir passé par les mains de ce gueux de commissaire, nos parts de prise ont diminué de neuf dixièmes ; qu'au lieu d'avoir les soixante mille francs qui me font vivre depuis vingt ans, je devrais peut-être avoir un million, et que ce pauvre vieux Kernok n'a eu en tout que deux cent mille francs sur les tonnes d'argent qui nous revenaient du trois-mâts espagnol !

– Bah ! reprit Grain-de-Sel, un peu plus, un peu moins. J'ai tout de même été bien content de quitter le métier avec ce que j'ai eu, et de pouvoir m'acheter un chasse-marée pour faire le cabotage. Mais c'est depuis que je ne vois plus ce pauvre M. Kernok que quelque chose me manque.

– À propos, reprit M. Durand, je crois que voici bientôt l'heure du service que nous lui faisons faire à Saint-Jean-du-Doigt, à ce pauvre vieux.

Grain-de-Sel tira une montre d'argent d'au moins un pouce d'épaisseur.

– Vous avez raison, monsieur Durand, il est dix heures. Puis, allongeant sa montre, attachée avec soin à une longue chaîne d'acier renforcée d'un cordonnet noir : Tenez, la reconnaissez-vous ? dit-il au maître.

– Si je la reconnais !... c'est celle que ce pauvre Zéli m'a dit de te remettre le jour du combat de *L'Épervier* contre la corvette. Pauvre Zéli ! je le vois encore, me tendant la main, et me disant : Tiens... c'est pour Grain-de-Sel. Adieu... vieux... ne me manque pas. Sacrebleu ! dit le vieillard tout ému, ça me fait plus de peine en y pensant maintenant, que ça ne m'en a fait dans le moment. Pauvre Zéli ! Et la tête de M. Durand retomba dans ses mains calleuses et ridées.

Grain-de-Sel paraissait absorbé par un douloureux souvenir en regardant sa montre.

– Ça nous fait cinq litres et une bouteille d'eau-de-vie, dit l'aubergiste, son bonnet à la main, et inquiet du séjour prolongé des deux marins.

– Paye-toi là-dessus, dit Grain-de-Sel en lui jetant une pièce d'or.

Et donnant le bras au vieux Durand, il gagna avec lui la chapelle de Saint-Jean-du-Doigt.

CHAPITRE XIV ET DERNIER
La messe des morts

Figurez-vous une anse resserrée entre deux montagnes, dans laquelle une foule de bateaux bretons, aux voiles rouges et carrées, viennent aborder en s'échouant sur un beau fond de sable d'une blancheur éblouissante.

Au fond, c'est la mer, dont les flots bleus, après avoir prolongé les contours de la baie, viennent mourir sur de fraîches prairies toutes coupées de haies de rosiers sauvages et d'aubépines en fleur qui répandent au loin leur parfum.

Çà et là quelques chênes séculaires soutiennent un toit de chaume couvert de jolies pervenches bleues et de clématites, qui pendent en longues guirlandes.

Pour animer ce paysage, tantôt c'est une chèvre dressée sur ses pattes de derrière, qui paraît suspendue à ces festons verdoyants ; tantôt c'est la mince charrette traînée par de grands bœufs, et le cri rauque et continu de l'essieu, et la chanson sauvage du Bragoubras, et l'allure rapide du montagnard d'Arrès, qui monte à cru un de ces petits chevaux noirs au poil frisé, à l'œil saillant, aux jambes nerveuses, qui gravissent les mornes de la côte avec autant de légèreté qu'un chamois.

Puis, au milieu de cette colline, dont la pente est presque insensible, on voit les bâtiments consacrés à Saint-Jean-du-Doigt. Ici l'église gothique, avec ses arceaux et ses ogives, ses longues et frêles colonnes, ses frontons découpés à jour comme une légère dentelle, contraste singulièrement avec le lourd clocher de plomb qui élève son faîte gris et terne au-dessus de la sombre verdure des mélèzes et des sapins.

Les tintements redoublés de toutes les cloches de l'église de Saint-Jean annonçaient la cérémonie dont nous avons parlé, un service funèbre pour l'âme de feu M. Barbe-Nicolas Kernok, propriétaire à Treheurel. Or, toute la population du canton, dont le digne vieillard était adoré, avait quitté ses travaux pour venir rendre un dernier hommage à son respectable bienfaiteur.

Il fallait voir quelle foule se pressait sous le porche de l'église, et les jeunes filles au corset écarlate brodé de bleu, à la blanche coiffe, et les vieilles femmes avec leurs capes, qui les cachaient, et les hommes avec leur barrette noire, d'où s'échappaient de longs cheveux qui tombaient jusque sur leur large ceinture de cuir, où était passé un large couteau.

Tout cela se heurtait et devisait en attendant que les portes fussent ouvertes.

Bientôt arrivèrent Grain-de-Sel et maître Durand. À leur aspect, toutes les têtes s'inclinèrent ; eux ne répondirent que par un salut protecteur à ces marques de déférence.

Enfin, la porte s'ouvrit ; chacun se rua, se heurta, se coudoya, et chacun fut casé.

Le soleil dardait joyeusement ses rayons dorés à travers les vitraux coloriés de la chapelle, et venait réfléchir leurs mille nuances sur le banc de chêne noir et poli, tout chargé de lourdes sculptures, sur le banc où s'épanouissait Kernok aux jours solennels. Hélas ! qu'il était bien ! avec quelle dignité calme il étalait son immense jabot et son habit marron ! avec quelle adresse il dérobait sa chique à l'œil du curé ! avec quel air de componction il fermait les yeux, feignant de prier et de se recueillir, alors que le prône du prédicant l'affectait de la plus agréable somnolence.

Et il fallait que le souvenir de cette figure vénérable fût encore bien présent à la pensée de Grain-de-Sel et de M. Durand ; car ils s'arrêtèrent immobiles devant le banc d'œuvre.

– Je crois toujours le voir, dit M. Durand.

– Et moi aussi, répondit Grain-de-Sel.

Une rumeur sourde annonça l'arrivée de M. Karadeuc, le desservant de la paroisse.

Il officia.

Après l'office, M. Karadeuc monta en chaire.

Alors les fidèles saisirent ce moment pour éternuer, se moucher, tousser, bâiller, soupirer, se tourner et se retourner.

Puis on fit silence... mais un grand silence !

Le prédicateur s'avança sur le bord de sa tribune, y étala des mains osseuses et velues ; ses yeux brillaient sous ses épais sourcils roux, et sa bouche grimaçait un singulier sourire... puis il commença :

– Mes chers frères, *apprehendi te ab extremis terrae et a longinquis ejus vocavi te ; elegi te, et non abjeci te ; ne timeas, quia ego tecum sum.*

Comme l'auditoire se composait de bas Bretons renforcés, cet exorde fit peu d'effet.

– Oui, mes frères, ce qui veut dire : Je t'ai pris par la main pour te ramener des extrémités de la terre ; je t'ai appelé des lieux les plus éloignés ; je t'ai choisi, et je ne t'ai pas rejeté ; ne crains rien, parce que je viens à toi.

« Or, mes frères, ces paroles peuvent s'appliquer au vertueux, au digne, au respectable vieillard que nous pleurons tous... en un mot, à Barbe-Nicolas Kernok, ancien négociant.

Ici M. Durand donne un premier coup de coude à Grain-de-Sel, qui, se prenant le nez entre le pouce et l'index, laisse échapper une espèce de mugissement sourd et de rire étouffé.

– Hélas ! mes frères, reprit le curé, cet ancien négociant, ce Kernok, c'était aussi un agneau éloigné du bercail ! Cet agneau était aussi dans des pays éloignés... et la Providence l'a pris par la main.

– Par la patte, dit le vieux Durand.

– Comparer le capitaine à un agneau ! répondit Grain-de-Sel en mettant sa toque devant sa figure.

Le prédicateur continua nonobstant.

– La Providence, mes frères, lui a dit aussi : *Elegi, non abjeci te...*
je t'ai choisi, et je ne t'ai pas repoussé, quoique ta vie ait été agitée.

– Il appelle ça *agitée*, murmura Durand en donnant un second
coup de coude à Grain-de-Sel, qui riposta avec la même énergie,
c'est-à-dire d'une force à enfoncer deux côtes à l'ex-charpentier-
chirurgien-canonnier. Oh ! ils se comprenaient !

– ... Oui, mes frères, agitée. Mais après avoir navigué sur une
mer orageuse, la poupe de son esquif atteignit un rivage de paix et
de repos.

– La poupe ! ça parle marine ! dit Durand d'un air méprisant ; la
proue donc, la proue, sacristain !

Le curé jeta un regard d'indignation sur Durand et répéta avec
obstination :

– Mais la *poupe* de son esquif atteignit enfin le rivage de paix et
de repos, où ce vertueux, ce digne, ce respectable, cet angélique
vieillard fit épanouir la fleur de la bienfaisance et de la religion.

– Est-il bête, ce curé ! murmura Grain-de-Sel.

– Bête comme un hareng, répondit Durand en haussant les
épaules.

– ... Ainsi, mes frères, reprit le prédicateur, unissez-vous à moi
pour remercier le Roi des rois de ce qu'il a couronné celui que nous
pleurons d'une des auréoles de son éternité.

– *Amen*, répondirent les assistants.

– Dis donc, Grain-de-Sel, vois-tu le capitaine Kernok coiffé d'une
auréole ? » dit maître Durand.

Mais Grain-de-Sel ne l'écoutait plus, car le curé était descendu de
la chaire pour se diriger vers le cimetière où reposait Kernok ; ils
arrivèrent devant sa tombe.

La figure de Grain-de-Sel devint sombre et sévère, il tenait sa
toque dans ses deux mains pendantes, et Durand lui serrait le bras

en s'essuyant les yeux.

Alors le curé dit quelques prières, qui furent répétées en chœur par les assistants agenouillés, puis tout le monde se retira.

Durand et Grain-de-Sel restèrent seuls.

Et le soleil avait déjà disparu depuis longtemps derrière les montagnes de Tregnier, que les deux amis étaient encore assis près du tombeau de Kernok, muets et pensifs, la tête cachée dans leurs mains.